AMOR I

Luisa Cisterna

Calgary, Canadá

Capa: Clinton Sathler Lenz César
Fotos da capa: © iStock

AMOR EM CONSTRUÇÃO
Direitos Autorais © 2018 de Maria Luisa Costa Cisterna
Calgary, Canadá T2Y0C4

ISBN-9781717856074

Ao Jaime, meu marido, pelo incentivo e amor. Aos meus filhos Tiago, Débora e Lucas por completarem a alegria do meu mundo. Sem o apoio de vocês, eu jamais teria escrito este livro.

Foi amor à primeira vista quando visitei o Vale do Okanagan, na província da Colúmbia Britânica, no Canadá, há mais de uma década. A partir daí, sempre passei férias de verão com a família nesse lugar mágico e encantador.

A região é a segunda grande produtora de vinho do Canadá e um grande celeiro de produtos hortifrúti do país. Na estrada que liga Kelowna, a maior cidade da região, a Osoyoos, na fronteira com os Estados Unidos, a paisagem é de pomares e vinhedos. Como sendo a única região árida do Canadá, com vegetação rasteira e cactos, o lugar é ideal para plantações desse tipo.

Desde a minha primeira visita ao Vale do Okanagan, percebi, com grande curiosidade, que muitos dos pomares e lojas de hortifrúti são de propriedade de portugueses. Não é difícil encontrar alguém no Vale quem fale português com sotaque lusitano. Talvez esse tenha sido um dos motivos que me atraíram, ano após ano, a esse vale.

Não tive dúvidas de que a história de Isadora e Diogo devesse acontecer no Okanagan. Queria escrever sobre um lugar que me apaixona! Espero que você, meu caro leitor, sinta-se curioso e venha visitar esse oásis canadense.

Luisa Cisterna
Calgary, Canadá

Capítulo 1

Perder o controle da situação era uma das coisas que deixavam Isadora mais irritada assim como naquele momento.

Tamborilando os polegares no laptop, ela esperou – nada de inspiração.

Esticou os braços e reposicionou os dedos no teclado. Com um suspiro, digitou:

O restaurante do vinhedo oferece uma magnífica vista do lago... deleta, deleta, deleta. *A magnífica vista do Lago Okanagan é o ponto forte do restaurante que fica numa colina...* deleta, deleta, deleta.

Isadora enrolou o longo cabelo castanho escuro em um coque e enfiou uma caneta para segurá-lo no alto da cabeça; posicionou, mais uma vez, os dedos no teclado. Examinou os detalhes da paisagem ao redor do restaurante do vinhedo enquanto esperava por um momento mágico de inspiração.

Escrever artigos para seu blogue de viagens era uma tarefa fácil, principalmente quando o cenário descrito estava bem à sua frente. A visão de Isadora era panorâmica no alto daquela colina com o vale aos seus pés, mas as palavras se embaralhavam na sua cabeça e na tela do computador.

A simpática garçonete com forte sotaque australiano aproximou-se, ofereceu seu melhor sorriso profissional e perguntou se Isadora desejava mais um café. Impaciente, ela fez que sim com a cabeça ao mesmo tempo em que desmanchava o coque improvisado. O cabelo pesado caiu pelos seus ombros, mas Isadora não se deu por vencida e refez o penteado.

Quando o café chegou, ela respirou fundo e fez mais uma tentativa de recomeçar seu artigo sobre o Vale do Okanagan. Aquele era o lugar onde se sentia mais em casa apesar do berço brasileiro. Isadora tinha apenas seis anos quando seus pais se mudaram para a costa do Pacífico no

Canadá, dando um basta às incertezas no Brasil. Embora eles preferissem viver em uma cidade grande como Vancouver, Isadora tomou a decisão de procurar um lugar mais calmo, mas nem por isso menos sofisticado, para chamar de 'lar doce lar' logo que terminou a faculdade. A escolha por Kelowna veio pela proximidade com Vancouver e com a família, e pela oportunidade de investir em sua carreira.

No terraço do restaurante do vinhedo, Isadora percebeu frustrada que aquele não era o dia ideal para escrever. Era verdade que o tempo estava maravilhoso e uma leve brisa de primavera lambia a vegetação rasteira das colinas da região. O lago azul sem fim do Okanagan refletia o céu, completando a paisagem de cartão postal. No entanto, sua imaginação e criatividade tinham sido interrompidas pela troca de e-mail com a família na última semana.

Ajeitando, com um puxão, a saia do vestido estampado, Isadora abriu sua caixa de entrada de e-mail e acessou a sequência de mensagens iniciada pelo tio Paulo. Aquilo mais parecia um tipo de conferência do clã dos Rossi, como Isadora chamava o lado paterno da família. Conforme lia os e-mails, ela percebia como estava sendo atirada em uma armadilha mesmo que sua contribuição na discussão tivesse sido mínima. Ela releu algumas das mensagens tentando entender em que ponto tinha sido indicada por eles como a pessoa que ficaria responsável por ajudar a tia Áurea a transformar seu casarão nos arredores de Kelowna em um Bed & Breakfast, que a tia Célia insistia em chamar "Pousada da Áurea."

Apesar de, em momento algum, Isadora ter se voluntariado para a tarefa, a última mensagem do tio Paulo deixava claro que ela ajudaria a sua tia. Era verdade que ela era a única da família que morava em Kelowna, no coração do Vale do Okanagan, mas tinha primos muito mais habilidosos e disponíveis em Vancouver para assumir esse tipo de trabalho. Não custaria nada um deles fazer a curta viagem de quatro horas, uma vez por semana, para supervisionar o projeto. Talvez a família achasse que seu trabalho como blogueira era só um passatempo.

O ceticismo da família em relação ao seu ganha-pão poderia ter sido a razão de a escolherem para supervisionar um projeto que estava fora dos seus planos pessoais e profissionais. Seus pais sempre deixaram claro que gostariam que a filha tivesse um emprego de 'carteira assinada,' como se dizia no Brasil, mas Isadora já tinha tido essa experiência e decidiu que não era para ela. Por que não aproveitar a oportunidade que tinha no Canadá de ter seu próprio negócio, mesmo que dependesse quase que exclusivamente da sua presença na Internet? A economia do país não sofria muitos abalos e Isadora queria tirar proveito disso para ter essa autonomia profissional.

A garçonete voltou perguntando se Isadora queria pedir mais alguma coisa e ela respondeu que só a conta. Aproveitou o tempo que ainda tinha antes da consulta com o dentista para escrever para o tio Paulo em particular e dizer que não iria assumir a responsabilidade da tarefa. Ela tinha muita consideração pela tia Áurea que sempre foi uma figura importante na sua infância e adolescência. Era como uma madrinha para Isadora, mesmo porque, como tia Áurea e tio Miguel nunca tinham tido filhos, os sobrinhos faziam, muitas vezes, esse papel. Tia Áurea tinha um xodó especial por Isadora; mesmo assim, a moça não cogitava em assumir tal responsabilidade.

Antes que a atendente trouxesse a nota, Isadora já tinha mandado um e-mail para o tio Paulo esquivando-se da função de administradora e decoradora do projeto Bed & Breakfast da tia. Ela sabia que sua resposta negativa geraria mais conversas e trocas de mensagens. Mas aquele não era o momento para Isadora se deixar prender por essa responsabilidade.

******

Com a boca anestesiada, Isadora saiu do consultório dentário, pegou seu carro e foi direto para casa. Entrou no pequeno apartamento do privilegiado condomínio com vista para o lago do Okanagan e jogou as sandálias para um canto da sala.

Abriu o laptop na pequena mesa de jantar de vidro, puxou uma cadeira e sentou-se com as pernas cruzadas no assento. Seu tio Paulo tinha respondido ao e-mail dela em que tinha educadamente informado que não estava disponível para ajudar a tia Áurea.

Cara Isadora,

Entendemos sua resistência e agradecemos sua honestidade. No entanto, gostaria de fazer esse pedido pessoal. Áurea ventilou a ideia do Bed & Breakfast recentemente. Apesar de não demonstrar, ela se sente muito solitária e como nós os irmãos estamos longe, pensamos que seria uma boa ideia apoiar o projeto dela para que tenha uma ocupação que lhe dê prazer.

Como assim eles apoiarem? Eu é quem vou fazer o trabalho! Isadora tamborilou os dedos na mesa.

Dinheiro não é problema e combinamos que vamos pagar você para administrar o projeto. Sei que está de viagem marcada para a Itália e penso que não seria nada mal uma renda a mais. Conversei há pouco com o restante da família e todos concordaram que você terá uma pequena participação nos lucros quando o negócio estiver funcionando. Não é muito, mas um incentivo para você.

Assim as coisas mudam um pouco de figura; preciso de grana extra para ir para Itália. Por que não

12

mencionaram a grana desde o princípio? Ou mencionaram e eu não percebi? Ela considerou enquanto lia o resto da mensagem do tio.

> *Se não se importar, gostaria que conversasse ainda hoje com Áurea. Mandei para ela uma lista de coisas para fazer e considerar, mas sei que, com seu bom senso, bom gosto e experiência em administrar seu próprio negócio, você vai tomar decisões acertadas.*
>
> *Por favor, ligue-me mais à noite para conversarmos.*
>
> *Abraço,*
> *Paulo Rossi*

Isadora levantou-se e andou pela sala coçando a cabeça. Sentou-se novamente e abriu o calendário no laptop. Se conseguisse fazer o trabalho em, no máximo, dois meses, teria tempo suficiente para encaixar sua ida para Itália e ainda teria um dinheiro extra. Em seguida, ela abriu uma planilha com os futuros artigos que precisava escrever não só para seu próprio blogue, mas para outras publicações que, no final, eram as que garantiam que ela pagasse suas contas do mês. Tinha se comprometido em escrever vários artigos sobre cidades europeias e precisava estar lá para rever alguns lugares e tirar fotos. Mudanças de planos drásticas significavam a conta bancária mais minguada. Não queria ouvir do seu pai coisas como 'como você pode se planejar financeiramente com esse tipo de trabalho tão inseguro?'.

De qualquer forma, Isadora estaria em Kelowna nos próximos dois meses, então não via muito problema em ajudar a tia. Tentaria se envolver o mínimo possível e entraria num acordo com os tios de que, caso o projeto passasse do prazo, eles arrumariam outra pessoa para assumi-lo.

Isadora fechou o laptop e pegou o celular. Mandou uma mensagem para a tia avisando que estaria na casa dela depois do jantar para conversarem.

Capítulo 2

Isadora olhou, pela primeira vez, para o casarão da tia Áurea por uma lente diferente. Antes via aquela casa no alto da colina nos arredores de Kelowna como a casa da tia onde ela e sua irmã Nina passavam parte das férias de verão enquanto seus pais passeavam na Itália. Mesmo que inicialmente irritada com a imposição da família em colocá-la como responsável pela reforma do casarão para receber turistas do mundo todo, Isadora tentou enxergar o projeto como uma oportunidade. Na pior das hipóteses, ela se beneficiaria com o dinheiro extra e a experiência. Aquele vale, com seu extenso corredor de vinhedos e pomares ao longo dos 100 quilômetros do lago Okanagan, fervilhava de turistas no verão. Uma pousada seria um excelente negócio, conjecturou Isadora que tinha uma experiência considerável em turismo.

Ela desceu do carro e examinou a propriedade de esquina em uma rua sem saída. Construída em desnível, a casa amarela e branca tinha uma escada em meia-lua que cortava um jardim que já tinha visto dias melhores. A porta dupla da entrada estava com a pintura branca descascada, mas nem por isso deixava de ser refinada com seus vitrais transparentes. No segundo andar, onde ficavam os quartos, as sacadinhas eram o lugar perfeito para ver o desfile de barcos à vela, jet-skis e iates que começavam a surgir do meio da primavera em diante no lago mais frequentado da região. Isadora e sua irmã adoravam ficar na sacada contando os barcos quando eram pequenas – Nina escolhia um tipo de embarcação para contar e Isadora, outro tipo, e faziam uma competição de qual dos dois tipos cada uma contaria mais.

Entrando no jardim, Isadora observou que as árvores que circundavam o terreno já mostravam os brotos novos e logo balançariam suas folhas ao vento constante que refrescava o lugar durante as semanas de mais de 40°C no auge do verão do vale. Era sempre maravilhoso ver a troca de roupa da natureza nas novas estações, principalmente na primavera.

Isadora começou a subir a escada da frente quando sua tia Áurea abriu a porta dupla como se estivesse recebendo uma celebridade. A moça estava longe de se sentir uma celebridade; ela usava jeans rasgado no joelho e uma batinha branca. Já a tia parecia sempre pronta para badalar – o cabelo estava sempre arrumado e a roupa, impecável.

"Isadora," disse a senhora soltando as duas bandas da porta e levantando os braços de forma triunfal, como sempre fazia.

Isadora deu uma risadinha impressionada como aquela mulher tão pequena poderia parecer tão imponente. Ela subiu os últimos degraus mais rápido e abraçou a tia. O perfume intoxicante atingiu as narinas de Isadora que quase precisou se afastar para tomar ar puro. Segurando-lhe as duas mãos, Isadora disse:

"É sempre uma alegria vir aqui. A senhora nunca está de mau humor!"

"A vida pode ser azeda, mas nem por isso nós precisamos ser, não é? Ah, fiquei tão contente de saber que vai me ajudar a transformar essa humilde moradia no Bed & Breakfast mais sofisticado do Vale do Okanagan!" Áurea disse abrindo os braços como se tivesse terminado uma grande apresentação musical e esperava os aplausos.

"Tia, primeiro, isso aqui está longe de ser uma humilde moradia; segundo, não sei se vai ser o B&B mais sofisticado da região, mas o plano é transformar a casa num lugar aconchegante."

A tia deu uma risada abanando a mão como se descartasse a ideia modesta demais da sobrinha. "Vamos ver. Mas venha, entre! Preparei um chá para nós. Eu trouxe uma caixa com vários tipos de Dubai."

Isadora não pôde deixar de se sentir ignorante e comedida no quesito viagem. Ela tinha um blogue de turismo, mas nunca tinha tido as experiências exóticas da tia. As duas entraram de braços dados e Isadora sentou-se no confortável sofá creme que compunha a decoração pesada, mas sofisticada da casa. *Meu apartamento todo caberia nessa sala.*

A tia serviu o chá num conjunto de louça antiga que trouxe de alguma viagem no leste europeu. Apesar da idade, as mãos dela eram firmes e Isadora sentiu-se hipnotizada pelos anéis de pedras semipreciosas comprados em algum lugar do mundo. Ela levou a xícara à boca e, antes de beber o chá, inalou aquele aroma delicioso. A tia sabia que Isadora gostava de chás com misturas exóticas, como o *chai* – canela, pimenta preta, cravo e gengibre. O primeiro aroma que Isadora identificou no seu chá foi de cravo.

"Você não imagina minha animação quando Paulo me escreveu dizendo que você tinha aceitado, de bom grado, a tarefa de me ajudar," a senhora disse.

Isadora colocou a xícara de volta no pires, mas manteve a bebida próxima ao seu rosto para sentir aquele aroma. *Não diria de bom grado, apesar de que, agora estou começando a me animar.* Ela deu um sorriso amarelo para a tia. "Tia, a senhora sabe que estou planejando viajar daqui a dois meses. Não sei se vou ter tanto tempo assim para ajudar."

Áurea sorveu um pouco do seu chá segurando delicadamente a xícara. Olhou para a sobrinha e respondeu:

"Querida, você acha que não vejo seu esforço para conquistar seu lugar ao sol? Seus tios se preocupam comigo e, na verdade, eu só aceitei com a condição de que você ajudaria."

Isadora franziu a testa. "Mas por que, tia?"

Sentando-se na beiradinha da poltrona, Áurea respondeu:

"Primeiro porque sei que eu e você temos muito em comum – você é como uma filha para mim. Outra coisa é que pensei que, já que vai viajar, uma grana extra seria uma boa." Áurea esticou o pescoço em direção à sobrinha e sussurrou como se houvesse mais gente na sala que não podia ouvir o que iria dizer. "E imagina se mandassem Jessica para me ajudar!"

Isadora ajeitou-se no sofá como se o estofado estivesse subitamente cheio de alfinetes; deu uma risada nervosa. A última coisa que ela própria queria é que a prima viesse para Kelowna – seria um tormento.

"Entendi." Isadora não quis render o assunto. Faria o que desse e depois disso seguiria seu caminho.

Tia e sobrinha conversaram sobre algumas ideias que a família tinha para o Bed & Breakfast e Isadora ficou imaginando quanto tempo levaria para fazer a reforma e o que ela envolveria. Estava absorta em seus pensamentos enquanto a tia falava como uma metralhadora.

"Mas só eu que estou falando. O que você acha que devemos fazer?" Áurea perguntou, mas, antes que Isadora respondesse, a campainha tocou.

Com um suspiro dramático, a tia anunciou:

"Deve ser Diogo!"

Isadora olhou para a tia com as sobrancelhas arqueadas. "Diogo?"

A tia não respondeu e foi a passos ligeiros atender a porta. Os mesmos gestos apoteóticos receberam um homem alto de pele azeitonada usando jeans e camiseta manchados de tinta.

Isadora nunca deixava de observar essa diferença gritante entre o Brasil e o Canadá – no Brasil faz-se de imediato uma análise social da pessoa com base na roupa que veste; no Canadá, um homem vestido daquela forma poderia ser um vizinho ricaço reformando a própria casa, um costume entre os canadenses, ou mesmo um construtor que vivia com o mesmo conforto que qualquer outra pessoa que não tivesse medo de trabalho pesado.

A imponência daquele homem encheu o ambiente. Isadora duvidava que o ombro largo e os braços fortes de Diogo eram produto de horas na academia.

Tia Áurea aproximou-se da sobrinha com o homem ao seu lado. "Isadora, este é o Diogo." A tia deu um leve suspiro. "Ele é quem vai fazer a reforma. Vocês vão trabalhar juntos."

"Muito prazer, Diogo Marques," ele disse com voz profunda. O sorriso largo e o aperto de mão forte que ofereceu à Isadora não deixavam dúvida de que ele era seguro de si.

"Você é brasileiro também! Não sabia que tinha mais brasileiros em Kelowna," Isadora comentou apertando a mão para ele.

"Na verdade, sou português apesar do meu sotaque ser de gringo," ele disse e sorriu. "Nasci aqui no Okanagan, mas meus avós vieram para cá de Portugal depois da Segunda Guerra."

Isadora não pode deixar de notar o leve sotaque dele nas palavras com sons mais anasalados. Ela própria nem se sentia apta a julgar o português de Diogo porque preferia inglês ao português depois de mais de 20 anos no Canadá.

Tia Áurea o convidou para se sentar e Isadora afastou-se um pouco quando ele escolheu sentar-se ao lado dela apesar do outro sofá e das duas poltronas da sala. A tia serviu um chá para o visitante que parecia à vontade com a louça fina embora sua mão parecesse mais acostumada a manejar ferramentas pesadas.

Áurea olhou de Diogo para Isadora com um meio sorriso. "Discutam aí as ideias que têm e me comuniquem. Esse, com certeza, vai ser o B&B mais requintado da cidade!"

Assumindo a conversa, Diogo disse:

"Isadora, se você tiver um tempo agora, podemos andar pela casa e você me diz quais são seus planos."

"Maravilhosa ideia," disse Áurea levantando-se e fazendo um gesto com as mãos como se estivesse espantando galinhas. "Vão, vão. Podem entrar em todos os cômodos. Não tenho nenhum segredo escondido nos quartos."

Isadora e Diogo levantaram-se e foram para o segundo andar da casa. No corredor, ela disse:

"Minha tia tem essa ideia de que vamos transformar essa casa num B&B de luxo, mas isso não é nem viável nem meu objetivo. Quase não tive tempo para pensar no assunto, mas quero um lugar aconchegante onde as pessoas possam se sentir em casa enquanto exploram o Vale do Okanagan ."

"Concordo. De cara já digo que muita coisa aqui precisa só de uma boa tinta e uns reparos. Essa casa foi construída nos anos 80, mas seu tio cuidou bem dela. Eu mesmo ajudei algumas vezes. Depois que ele morreu, acho que sua tia ficou desanimada e não mexeu mais na casa, mas isso faz só uns dois anos, não é?" Isadora respondeu que sim e Diogo continuou:

"Vamos ver o banheiro do casal. Um bom banheiro atrai hóspedes." Diogo fez um gesto com a mão para que Isadora fosse na frente.

Examinaram o estado do banheiro e Diogo disse enquanto tomava notas em um bloquinho:

"Esse banheiro precisa de uma boa reforma. O papel de parede denuncia a idade da casa e o piso está manchado. Podemos transformar isso aqui num *spa* particular com um chuveiro grande e uma banheira maior. Podemos deixar o vaso onde está, mas precisamos trocá-lo por um mais novo. O balcão da pia é pequeno e um balcão de mármore causaria uma boa impressão."

Isadora assentiu com a cabeça. "É muito complicado trocar o piso?"

"Não muito."

Foram para os quartos de hóspede e decidiram que precisavam de uma nova pintura e carpete novo. No quarto ao lado do da tia, Isadora demorou-se um tempo a mais.

Parado na porta, Diogo perguntou:

"Tem alguma ideia específica para esse quarto?"

Ela olhou para ele e respondeu:

"Não. Só estava me lembrando de quando passava férias aqui com minha irmã e alguns primos. Eu ficava nesse quarto sozinha e tia Áurea colocava meus primos e minha irmã mais nova nos outros. Eu me sentia especial tendo um quarto só para mim." Ela foi até a porta da sacada e a abriu. "Esse é o único com sacada além do de casal."

Isadora olhou para o lago e viu um barco à vela solitário embalado pelo vento. Diogo também saiu na sacada e ficou do lado dela observando o barquinho.

"Quando eu vejo esse lago e as colinas, sei que estou no lugar certo," ele disse em voz baixa como se a observação fosse só para si mesmo.

Isadora não quis fazer comentário. Não que ela achasse que aquele lugar não era certo para ela – era, mas havia outros que precisava explorar. Não se via presa geograficamente.

Descendo para o andar principal, Isadora e Diogo foram para a cozinha.

"A cozinha precisa ser reformada se quiserem que os hóspedes tomem café da manhã aqui. Se forem usar a sala de jantar, só precisamos dar uns retoques na pintura e talvez trocar os eletrodomésticos. O que acha?" Diogo perguntou.

"Acho que os hóspedes podem usar a sala de jantar porque fazer uma reforma completa na cozinha levaria muito mais tempo do que tenho disponível. Daqui a dois meses, vou para a Itália," ela observou.

Diogo olhou para ela de forma enigmática. Parecia que ia falar alguma coisa, mas engoliu as palavras.

"Acho que preciso redecorar a sala. Os móveis são muito antigos e pesados," ela afirmou.

Foram para a sala e Diogo passou a mão pela poltrona bege. "Podemos estofar com um tecido mais moderno, trocar só alguns móveis e refazer a pintura dos outros."

"Não é uma má ideia," Isadora respondeu dando uma meia volta na sala estudando as poltronas e os sofás.

Quando terminaram a vistoria da casa, Isadora o convidou para sentar na cozinha. Diogo fez mais algumas anotações no bloquinho. Ela olhou para aquela mão forte e calejada e ficou intrigada quando ele desenhou a planta da casa com traços retos e proporcionais no papel não muito grande.

"Vou mandar para você um orçamento e o prazo. Acho que podemos terminar tudo em um mês dependendo de quanto querem gastar com mão de obra. Eu posso fazer o trabalho sozinho, mas talvez precise de ajuda." Ele batucou de leve com o lápis na mesa.

Isadora deu seu e-mail e telefone para Diogo e perguntou:

"Quando me manda as informações?"

"Hoje ainda," ele disse e levantou-se. "Tenho que ir agora."

Isadora acompanhou-o até a porta. Chamou a tia para se despedir de Diogo, mas não houve qualquer sinal dela de que tinha ouvido.

"Diga à Dona Áurea que deixei um abraço e que ligo depois para conversarmos," Diogo disse e estendeu a mão para Isadora que sentiu a sua sumir na dele.

Ela ficou encostada na porta esperando-o descer as escadas, entrar na pick-up e fazer a volta na rua sem saída. Da janela do carro, ele acenou para ela e sorriu.

Isadora ficou um tempo na porta vendo o carro desaparecer ao descer a colina.

Capítulo 3

Isadora colocou o pijama e pulou na cama com o laptop no colo, trocou algumas mensagens com o tio Paulo dizendo que estava tudo acertado entre ela e tia Áurea. Depois abriu seu blogue e respondeu a alguns comentários dos seguidores. Os artigos sobre os vinhedos no Canadá estavam fazendo sucesso e Isadora resolveu colocar mais fotos para manter o fluxo de interesse.

Abrindo o arquivo com o esboço dos artigos que tinha se proposto a escrever enquanto ainda estivesse no país, Isadora imaginou se daria conta de tudo aquilo e mais a reforma. Além disso, teria que planejar sua ida para a Itália e fazer um roteiro de viagens pela Europa.

Como sua irmã morava em Bolonha, não teria que se preocupar com acomodação quando fosse. A localização estratégica da cidade facilitaria a locomoção para outros lugares como Verona, Veneza, Roma e as pequenas vilas na Toscana. No entanto, a reforma da casa da tia lhe tiraria um pouco o foco. Mas, agora, era tarde demais para desistir. Não podia deixar a tia a ver navios. Esperava que Diogo fosse bom de serviço para que tudo transcorresse bem e dentro do prazo.

Cansada de pensar, Isadora fechou o computador e enfiou-se debaixo das cobertas. Seu cérebro começou a flutuar para a terra dos sonhos quando ouviu um sinal de mensagem no celular. De luz apagada, ela abriu uma mensagem de Diogo com um anexo do orçamento. Achou a quantia exorbitante, mas tio Paulo tinha dito que dinheiro não era problema. Ela respondeu agradecendo e disse que entraria em contato com ele no dia seguinte. Diogo respondeu com um 'combinado' apenas.

Isadora deixou-se levar pelo embalo do sono, mas, na sua cabeça, passavam imagens da casa e dos números que tinha recebido de Diogo.

******

O ar da manhã estava fresco e límpido. Acordar bem cedo tinha suas vantagens. Isadora manteve o passo no calçadão da praia do lago do Okanagan e ultrapassou vários frequentadores assíduos da área preferida dos adeptos da boa forma. Uns corriam, outros caminhavam, mas todos tinham como objetivo garantir saúde e mais uns anos de vida. Sempre que Isadora saía para correr na orla do lago, confirmava a decisão de ter se mudado para Kelowna.

A cidade não deixava nada a desejar às grandes cidades, mas com a vantagem de ser menos agitada e estressante. Isadora fugia um pouco do padrão dos jovens da sua idade que queriam as baladas e noitadas. Ela gostava de uma vida mais tranquila e seu maior prazer era explorar os vinhedos, pomares, lagos e florestas do vale. Preferia uma vida mais natural ao ar livre e não conseguia se imaginar passando horas no trânsito para ir e vir do trabalho.

Seu trabalho *free lance* possibilitava a constante mudança de cenário porque podia escrever de qualquer lugar do mundo. Não que sua condição financeira permitisse tantas viagens, mas, mesmo em Kelowna, procurava escrever em lugares diferentes.

Aquela era a melhor época do ano para Isadora. A primavera no Vale do Okanagan chegava para valer conforme o calendário, diferente do restante do Canadá onde a estação custava a engrenar, impedida pelo inverno que se recusava a dar trégua.

A praia do lago já estava pronta para receber os ávidos frequentadores cansados de andar com roupas pesadas durante cinco meses – a faixa de areia limpíssima e a água transparente convidavam ao banho de sol e a um mergulho.

Isadora parou um pouco para alongar a panturrilha que tinha dado uma câimbra e, encostada numa árvore, ficou observando os caiaques deslizando no lago espelhado que refletia as nuvens. *Vou alugar um caiaque no próximo fim de semana*, ela pensou, sentindo-se animada de finalmente poder sair do seu casulo de inverno. Não que deixasse de se exercitar no frio, mas nada como o sol batendo na sua pele.

Ela deu um pulo com o latido de um cachorro. Levou a mão ao peito e virou-se dando de cara com Diogo que segurava a coleira de um labrador castanho.

"Isadora!" Diogo exclamou e puxou a guia do cachorro que arfava com a língua quase toda para fora.

Diogo balançou a camiseta suada para se refrescar e passou a mão pelo cabelo molhado. Isadora olhou para o cachorro e riu. "Seu cachorro parece que precisa descansar."

"Acho que exagerei um pouco, mas Pogo aguenta bem," Diogo disse.

"Pogo? Que nome é esse?"

"Uma longa história, mas a versão resumida é que, quando o comprei, achei que se parecia com o nosso famoso monstro mitológico do lago Okanagan –"

Isadora completou a frase:

"O Ogopogo! Estou vendo a semelhança da língua para fora."

Diogo riu e assentiu com a cabeça.

Isadora abaixou-se, segurou a cabeça do cachorro com as mãos e afagou as orelhas do animal que lambia seu rosto. Diogo, que olhava a cena com interesse, comentou:

"Acabou de fazer um amigo fiel – Pogo costuma ser um pouco desconfiado."

Isadora olhou para Diogo e levantou-se. Pogo passou a pata na perna da moça pedindo mais afago. Ela riu e disse:

"Estou vendo que fiz um bom amigo." Ela passou o antebraço pelo rosto para enxugar a baba e continuou: "Ah, obrigada pelo orçamento. Você acha mesmo que é o suficiente para reformar o banheiro do segundo andar?"

"Acho que sim. Material bonito e durável, sem custar caro – é meu lema."

"Eu não entendo nada disso. Quando podemos começar a escolha dos materiais?"

"A gente podia se encontrar uma hora dessas e mostro algumas opções na Internet. Depois vou à loja para fazer a compra," ele explicou.

"Posso ir junto? Quero dar palpite nas cores, pelo menos."

"Tudo bem. Será que podemos conversar hoje alguma hora? Termino a corrida e já vou para a casa da sua tia."

"Como assim se não temos o material?" Isadora perguntou.

Diogo riu baixinho. Pogo latiu socializando com um poodle escandaloso que passava se engasgando na coleira, deixando a dona impaciente. Diogo respondeu:

"A parte da demolição é uma das mais pesadas. Preciso arrancar todo o piso, o vaso, a banheira velha, o chuveiro ... "

"Claro, que bobeira minha. Se precisar de ajuda, posso ir também."

Diogo olhou para ela com desconfiança e ela apressou-se em explicar:

"Tenho umas horas livres. Nunca fiz isso, mas imagino que eu poderia pelo menos carregar o material de demolição para fora da casa."

Diogo passou os olhos por Isadora de cima a baixo e ela colocou as mãos no quadril e fechou a cara. Ele deu-se conta do que tinha feito e apressou-se em dizer:

"Com as ferramentas certas não é difícil desmontar um banheiro. Que tal a gente se encontrar às duas na sua tia?"

Os dois se despediram e Pogo levantou-se do gramado onde tinha se esparramado, com a língua sempre de fora. Isadora fez mais meia hora de caminhada e ficou pensando como, afinal, tinha se metido nisso tudo. De repente, ela passou de supervisora do projeto à pedreira; não poderia culpar ninguém por isso. A palavra demolição a deixou ansiosa – tinha uma ideia romântica de reforma de casa, do antes, do depois, mas pensava só no depois, como via nos programas de TV. Agora não podia fugir do compromisso com a tia e Diogo. Ele certamente a achava uma boba que não entendia nada do trabalho que tinha se proposto a fazer.

Sem escolha, Isadora decidiu que iria surpreender a todos com sua rapidez em aprender a arte de reformar casas. Não tinha gostado nem um pouco do olhar de Diogo quando ela disse que ajudaria.

Capítulo 4

Depois da corrida na orla do lago, Isadora voltou para casa, tomou banho, colocou uma roupa que achou ser adequada para a demolição do banheiro da tia e foi para seu café preferido no centro de Kelowna. Sentou-se na varanda que dava para uma rua charmosa cheia de jardineiras de flores multicoloridas penduradas nos postes e abriu seu laptop. Estava mais inspirada para escrever e terminou um artigo sobre uma vinícola em Penticton, cidade vizinha a Kelowna, em menos de vinte minutos. Postou o artigo com algumas fotos do lugar e colocou um aviso nas mídias sociais sobre a nova postagem. O número de seguidores, tanto do blogue como na mídia social, vinha subindo gradualmente, o que lhe garantia espaço em outros blogues e revistas eletrônicas especializados em viagens e lazer.

Isadora terminou seu artigo e o café com croissant e pegou seu carro. Como ainda tinha mais de uma hora antes de ir para a casa da tia, resolveu tirar fotos do parque principal da cidade e da marina. Algumas de suas fotos eram tão boas que conseguia vender na Internet, mas, como tinha deixado a câmera em casa, usaria o celular mesmo. Tudo servia de fonte de renda. Suas economias para ficar na Itália eram reduzidas. Em Kelowna sempre fazia bico de guia de turismo na alta estação, mas como viajaria no auge do verão, não poderia contar com essa grana extra, a não ser a do trabalho com a reforma da casa da tia.

O calçadão entre o extenso gramado e o lago serpenteava por entre árvores de folhas novas de primavera. O parquinho infantil de chafarizes em vários formatos fazia a alegria das crianças, muitas ainda cambaleantes nos seus primeiros passos. Isadora tirou fotos de um chafariz em forma de coqueiro e outro, de joaninha – sentiu vontade de voltar a ser criança. A vida adulta cheia de responsabilidade e contas para pagar dava uma canseira.

Na marina, ela tirou fotos, de vários ângulos, das dezenas de barcos à vela. Mesmo quem não era muito fã de velejar gostava de observar o encanto dos veleiros. Esse tipo de foto fazia sucesso imediato.

Olhando as horas no celular e decidindo que ainda tinha tempo antes de ir para a casa da tia, Isadora sentou-se em um banco do jardim arborizado de frente à marina. Como tinha deixado o laptop no carro, no celular mesmo respondeu a mensagens de alguns seguidores do blogue e mandou um e-mail atualizando o tio do projeto do B&B da tia Áurea. Trocou umas mensagens com a irmã, mas ela teve que colocar seu filho na cama e o papo foi interrompido. Isadora sempre se esquecia do fuso horário de nove horas entre as duas e planejou ligar para a irmã no dia seguinte bem cedo.

Ela mal acreditava que Nina já era mãe. A irmã casou-se com um italiano quando foi fazer faculdade de história em Bolonha e Enzo chegou um ano depois do casamento. Ela justificou a gravidez um pouco precoce aos 22 anos dizendo que ela e Gianlucca queriam uma família grande, mas Isadora ficou imaginando que tamanho essa família seria para começar tão cedo. Ela própria se achava despreparada para ser mãe aos 28 anos e nem namorado tinha ainda. Não se interessava por ninguém havia muito tempo; aliás, pensando bem, nunca tinha se interessado de verdade por nenhum homem. Seu último namorado, Peter, até era um cara charmoso, mas não sentia a mínima atração por ele. Isadora comparava os beijos dele às ostras que comia nos restaurantes em Vancouver: gelados e gosmentos. Se aquilo era namorar, não era para ela. Nina brincava que o irmão de Gianlucca estava doido para conhecê-la e que era muito atraente, mas Isadora lembrava à irmã que tinha ainda muita coisa para conquistar na vida antes de pensar em relacionamento sério.

Um sinal de mensagem a acordou da divagação. Era a tia Áurea.

Diogo está aqui em casa e ele disse que você viria ajudar na demolição do banheiro. Vem ou não?

Isadora deu um pulo quando olhou no relógio – já estava atrasada quase vinte minutos. Se Nina estivesse ali já a recriminaria pela falta de pontualidade. Isadora respondeu à tia dizendo que estaria na casa em dez minutos e correu para o carro.

******

"Isadora! Finalmente," disse a tia quando abriu a porta para recebê-la. "Diogo está no banheiro lá em cima e eu vou aproveitar e dar uma fugida. Essa bateção está me dando dor de cabeça. Quando terminar, mande-me uma mensagem."

A senhora saiu depois que deu um beijo na sobrinha, deixando uma marca de batom vermelha no seu rosto e uma nuvem do forte perfume atrás de si.

Isadora encontrou Diogo ajoelhado no banheiro arrancando os rodapés. Sem se levantar, ele olhou para ela e disse com um meio sorriso:

"Se está mesmo disposta a ajudar, pegue esta marreta aqui e comece a quebrar o piso, assim." Ele demonstrou ainda ajoelhado. Isadora observou que o braço dele dava três do seu. Ela teria que colocar força para quebrar aquele piso.

"Estou disposta a ajudar e aprender. Quem sabe um dia vou precisar reformar meu próprio apartamento; não que eu tenha um já que moro de aluguel, mas quem sabe compro uma barganha que precisa de reforma," ela disse e silenciosamente recriminou-se pela verborreia. Por que estava ansiosa? Não tinha obrigação de provar para aquele homem que era capaz de fazer as coisas.

Diogo deu uma risadinha e entregou óculos e luvas de proteção para ela. Isadora sentiu-se um abelhão com os óculos de lentes amareladas e enormes. Colocou as luvas que deveriam ser dois tamanhos acima do seu e disse que estava pronta. Cuidou para não fazer um longo discurso – iria se limitar a frases curtas, se conseguisse.

Com a marreta na mão, Isadora fez como instruído. De primeira, não conseguiu nem rachar o piso. Diogo levantou-se, pegou a ferramenta da mão dela e demonstrou. "É mais jeito do que força."

Ele lhe devolveu a marreta e a observou. Isadora olhou para ele de rabo de olho incomodada com a proximidade. Segurou firme no cabo de madeira e, com toda força que seu constrangimento permitiu, quebrou o canto do piso.

"Isso aí," Diogo disse e ajoelhou-se no outro canto do banheiro para desatarraxar os canos do vaso sanitário. Quando terminou, ele se levantou e avaliou o resultado do trabalho dela. Ela olhou para o piso quebrado com as mãos nos quadris e tentou se lembrar por que mesmo estava fazendo aquele trabalho braçal.

"Alguma coisa errada?" Diogo lhe perguntou.

"Não." Ela não deu explicação. Nunca se esquivaria do trabalho agora – o que ela começava, não deixava por terminar. Além do mais, Diogo poderia pensar que ela não aguentou o batente.

Entregando uma pá de metal para ela, Diogo pediu que colocasse todo o entulho em dois grandes baldes enquanto ele acabava de tirar o vaso sanitário.

"Agora a gente leva tudo para o quintal. Parei minha pick-up lá para recolher o entulho," ele disse com o vaso no colo.

Os dois desceram pela escada que Diogo tinha forrado com plástico e levaram tudo para fora pela porta da cozinha.

"Tia Áurea vai ter um chilique quando vir a sujeira que ficou pelo caminho," Isadora disse olhando para as pegadas de pó que ela e Diogo tinham deixado na entrada da cozinha.

"É assim mesmo. E, outra coisa; você tem futuro se resolver deixar seu trabalho para reformar casas."

Ela olhou para sua roupa empoeirada. "Por mais interessante que seja, prefiro passear por lugares bonitos com a roupa limpa."

Os dois foram para a cozinha. Ela pegou duas garrafinhas descartáveis de água da geladeira e entregou uma para Diogo. Ele encostou-se na pia enquanto Isadora sentou-se na beiradinha de uma cadeira para não sujar o estofado. Ajeitou seu cabelo que estava caindo do coque alto. Tirou o elástico e refez o penteado improvisado. Diogo olhava atentamente, mas Isadora desviou seu olhar.

"Você trabalha com construção há muito tempo?" ela perguntou, ainda concentrada em fazer o coque.

"Há uns quatro anos. Cansei de trabalhar 40 horas por semana trancado num escritório," ele disse e esvaziou a garrafa de água.

Ela olhou para ele intrigada largando o cabelo quando o coque ficou pronto. "O que você fazia antes?"

"Eu era auditor numa grande firma em Vancouver. Cansei do trânsito e do confinamento depois de seis anos fazendo a mesma coisa."

Isadora franziu a testa e perguntou:

"Mas por que construção?"

"Por que não? Gosto do resultado da transformação. Meu avô me ensinou muito do que sei e tenho prazer nisso."

Levantando-se, Isadora jogou a garrafinha vazia no lixo. "O que vamos fazer agora?"

"Arrancar a banheira e tirar o papel de parede e os azulejos do chuveiro. Temos que acabar com qualquer vestígio dos anos 80 nessa casa," ele respondeu e saiu da cozinha com Isadora logo atrás limpando as mãos na calça jeans.

Capítulo 5

"Nunca pensei que tirar papel de parede podia ser mais complicado do que arrancar o piso." Isadora puxava o papel que insistia em sair em pedaços irregulares deixando manchas de cola na parede.

No chuveiro, Diogo arrancava os azulejos enquanto juntava os cacos num balde. Ele parou o trabalho, passou o antebraço pela testa e virou-se para Isadora. "Isso aí. Molhe um pouco mais a esponja e vai passando a espátula de leve para tirar os resíduos de cola." Ele observava enquanto ela seguia à risca as instruções e olhava de vez em quando para ele procurando aprovação.

Os dois passaram mais algumas horas no banheiro e ficaram satisfeitos com o resultado no final do dia.

Cansada, Isadora encostou-se, toda suja de pó, na parede enquanto olhava Diogo varrer os últimos vestígios de cacos e papel do chão. "Acho que agora deve vir a melhor parte, não é? Escolher e comprar o material. Gostei daquele piso que você me mostrou no website da loja de construção. Quando podemos ir lá?" Isadora estava entusiasmada apesar da dor no corpo.

Diogo olhou as horas no celular. "Se não estiver muito cansada, podemos ir hoje. A loja só fecha daqui a duas horas."

Isadora deu um pulinho e bateu palmas como uma menina que acabou de ganhar um presente. Diogo deu uma risada e apoiou as mãos e o queixo no cabo da vassoura. Seu cabelo estava coberto de pó. Sua camiseta rota colava no corpo suado. Isadora sentia que tinha várias camadas de poeira nela mesma e desejou um bom banho de banheira. Mas esse luxo ficaria para outra hora. "Só preciso de uma ducha. Meu apartamento é perto daqui e fico pronta em meia hora."

"Eu também não moro longe. Pego você então."

Isadora passou seu endereço para Diogo e despediram-se. Ele saiu levando o balde com lixo e ela passou uma mensagem para a tia dizendo que já tinham terminado o serviço e que voltariam no dia seguinte.

Sozinha no banheiro da tia, Isadora pensou que tinha diante de si uma tela em branco pronta para receber cores e texturas. Ao mesmo tempo, considerou que lá fora havia um mundo para ser explorado. Se se apegasse muito ao projeto do Bed & Breakfast, todos os seus sonhos e projetos de viagem seriam freados. Sua carreira como blogueira e, quem sabe, escritora, não progrediria como tinha planejado. *Não posso me deixar envolver demais com esse projeto*, ela pensou enquanto descia as escadas sacudindo o pó da camiseta.

******

Isadora sentiu-se outra pessoa depois da ducha. O cabelo molhado tinha encharcado as costas do seu macaquinho de malha estampado, mas isso não a incomodava. O calor do dia não tinha cedido nem um pouco no final da tarde. Um aviso de mensagem a avisou que Diogo a esperava em frente ao seu prédio. Ela calçou a sandália e desceu.

Diogo a esperava fora da pick-up. Ele a olhou dos pés à cabeça e Isadora sentiu seu rosto ficar quente. Ele lhe abriu a porta e pediu desculpa pela bagunça. Enquanto ele dava a volta no carro, Isadora catou algumas folhas de papel espalhadas no chão. Quando ele entrou, ela comentou, com algumas delas na mão:

"Esses desenhos são seus?"

Ele colocou o cinto de segurança e ligou o carro. "São. Rabisco umas coisas de vez em quando." Ele fez meia volta na rua e tomou a avenida principal. Isadora olhava os desenhos tentando identificar alguns daqueles prédios que ele tinha desenhado.

"Isso não é rabisco! Olha," ela disse levantando um desenho de um casarão de pedra no topo de uma colina. "Esse aqui não é o vinhedo perto da ponte?"

Diogo olhou de rabo de olho para a folha e fez que sim com a cabeça.

"Onde você aprendeu a desenhar assim?"

Parados no sinal vermelho, ele respondeu:

"Aprendi sozinho. Quando eu era criança, desenhava animais, mas na adolescência passei a desenhar prédios. Acho que fui aperfeiçoando a técnica vendo desenhos de outras pessoas."

Isadora organizou a pilha de desenhos e colocou-a no colo. Quando chegaram à loja de material de construção, ela colocou as folhas arrumadas no seu banco.

Na loja, Isadora sentiu-se como uma criança em um parquinho. O máximo que comprava em um lugar assim era uma coisinha ou outra para fazer pequenos consertos em casa: fita isolante, puxador de gaveta e alguns produtos de limpeza de melhor qualidade. Ela foi passando pelas prateleiras, maravilhada.

"Diogo, olha este piso aqui!" Isadora segurou uma amostra do piso de porcelanato.

"Bonito, mas caro. Por que não dá uma olhada nessas opções que são bonitas e mais em conta?" ele sugeriu apontando para outra prateleira.

Eles discutiram as opções e escolheram um piso em mosaico branco e cinza. Compraram tinta e todo o material para o novo chuveiro. Escolheram o vaso e a banheira que Diogo buscaria no dia seguinte porque a loja já estava para fechar e o atendente ficava olhando para o grande relógio de parede a cada minuto.

Empurrando o material em um carrinho, Isadora e Diogo levaram tudo para a pick-up. No carro, Diogo colocou as mãos no volante e virou-se para ela. "Já jantou?"

Ela balançou a cabeça soltando o cabelo que tinha acabado de prender no costumeiro coque amarrado em um nó. Impaciente, Isadora começou a enrolar o cabelo e Diogo disse:

"Deixa solto."

Ela olhou indecisa para ele segurando o cabelo no alto da cabeça, mas logo refez o penteado. Ele deu de ombros. "Se gosta de hambúrguer, conheço um lugar ótimo aqui perto."

"Então vamos que estou morta de fome."

Diogo seguiu pela avenida principal de Kelowna e cruzou a larga ponte em arco por cima do lago Okanagan, entrando numa estrada secundária que levava para o topo de um morro. Lá em cima, um restaurante bem movimentado oferecia aos clientes uma linda vista das luzes da cidade e da ponte.

Ele pediu uma mesa na varanda.

"Olha só essa vista," Isadora disse olhando as luzes brilhantes de Kelowna refletidas no lago. A brisa passava calma pelo varandão do restaurante refrescando a noite.

Diogo sorriu e começou a assobiar baixinho, acompanhando a música ambiente suave que se misturava às conversas dos outros clientes. O cheiro de carne na grelha fez as papilas gustativas de Isadora se atiçarem. A garçonete, provavelmente estudante da universidade local, chegou com os cardápios e deixou o casal escolher enquanto buscava as bebidas.

"Acho que eu poderia comer um boi inteiro," Isadora disse passando o olho pelo menu.

Diogo, que examinava o cardápio, abaixou-o e olhou para Isadora. "Bom ver uma mulher que não tem medo de comida."

Isadora riu despreocupada com o tipo de comentário. Ela sentia-se bem no próprio corpo típico de brasileira de cintura fina e quadril largo, ao contrário de suas primas e amigas que viviam de dieta. Coma feliz e movimente-se sempre, era seu lema. "Vou pedir hambúrguer de búfalo com tudo que tenho direito," Isadora disse e fechou o cardápio.

Diogo fez uma careta engraçada. "O mesmo para mim, mas sem picles. O gosto azedo não me apetece." Isadora riu da careta e da escolha de palavra.

A garçonete veio com as bebidas, anotou os pedidos e saiu.

"Vim aqui umas duas vezes, mas nunca à noite. Vou ter que escrever sobre isso." Isadora pegou o telefone da bolsa, levantou-se e tirou umas fotos da varanda.

"Vou voltar durante o dia e tirar mais fotos," ela disse ao voltar à mesa.

"Como é isso da viagem para a Itália?" Diogo perguntou e encostou-se na cadeira.

Isadora colocou o telefone ao lado do prato e, rodando o canudinho na sua bebida, explicou:

"Assim que me formei em administração de empresas, fui trabalhar num escritório. No primeiro ano, descobri que não fui feita para ficar trancada entre quatro paredes, assim como você. Continuei no emprego, mas comecei a escrever artigos de turismo que ficaram populares. Depois disso, veio meu blogue que foi crescendo e, com meus contatos aumentando, fui ganhando algum dinheiro." Ela tomou um gole demorado da bebida e continuou: "Hoje escrevo para algumas revistas e websites, além do meu blogue, e consigo sobreviver assim. Mas preciso viajar bastante para ter sempre material novo. Como minha irmã mora na Itália, resolvi passar um tempo lá para visitar outros países."

Quando ela terminou a explicação, a garçonete chegou com os pedidos. Isadora deu uma mordida no hambúrguer e mastigou com gosto antes de continuar:

"Pensei em ir daqui a uns dois meses, assim que a casa estiver pronta e o Bed & Breakfast funcionando."

Diogo limpou a boca suja de mostarda com um guardanapo de papel. "Sua tia que vai cuidar do negócio?"

"Meu tio Paulo, que está à frente do projeto, me pediu para eu ajudar tia Áurea na administração do B&B, mas não sei como vai ser isso. Vou viajar e não sei quando volto; se é que volto."

Diogo examinou o rosto dela. Isadora passou o guardanapo de papel na boca pensando que poderia estar lambuzada, mas o guardanapo voltou limpo. Constrangida, ela quebrou o silêncio.

"Desde quando conhece minha tia?"

"Bastante tempo. Na verdade, meus pais a conheceram quando ela chegou do Brasil ainda novinha. A comunidade portuguesa aqui se conhece bem e sua tia logo foi recebida como parte do grupo por ser brasileira."

"Lembro-me dos meus pais me contando da tia Áurea quando ainda morávamos no Brasil. Foi a maior novidade ela ter vindo para o Canadá e se casado com um português. Nem me lembro como eles se acharam. Na época não existia romance virtual," Isadora disse e deu uma risada.

"Também não sei. Podemos descobrir com meus pais."

"Seus pais moram aqui em Kelowna?" Isadora perguntou e deu mais uma mordida no hambúrguer.

A garçonete reapareceu perguntando se queriam mais alguma coisa e Diogo pediu mais batata frita. "Meus pais moram mais ao sul, em Osoyoos."

"Adoro Osoyoos. Já passei férias lá," ela disse. "O que seus pais fazem?"

"Eles têm um sítio com pomares de pêssego, maçã, nectarina e várias hortas que abastecem os mercados da região."

"Uma das coisas de que mais gosto no vale são as frutas e legumes frescos. Deve ser muito legal poder comer tudo tirado da própria terra."

"Se quiser, levo você ao sítio. Pode tirar fotos e escrever sobre o lugar," Diogo sugeriu.

"Quero sim!"

Isadora e Diogo saborearam o resto da comida em silêncio enquanto a brisa e a música suave os embalavam. Uma rodela de cebola caramelizada ficou pendurada na boca de Isadora e ela passou a língua pelos lábios limpando o rasto açucarado. "Humm! Bom demais."

Diogo deixou sua comida no prato, apoiou um cotovelo na mesa e o rosto na mão; ficou olhando a manobra da língua de Isadora resgatando a cebola com interesse. Ele riu e ela passou o guardanapo na boca.

No final da noite, Diogo parou a pick-up na frente do apartamento de Isadora, que agradeceu pelas compras do material de construção e pelo jantar agradável.

Ao descer do carro, seu coque se desfez e ela segurou o cabelo para amarrá-lo novamente. Ela fechou a porta do carro e o contornou pela frente acenando para Diogo que a ficou olhando subir a escadinha que dava para a porta do prédio. Sem se virar para trás, Isadora deixou o cabelo cair em cascata pelas costas.

Capítulo 6

Isadora acordou sentindo como se houvesse várias facas enfiadas nos seus músculos. Teve dificuldade de jogar as pernas para fora da cama. Achava que estava em forma, mas o dia de trabalho na tia dizia o contrário – e nada como pegar em uma marreta para mostrar, no dia seguinte, qual era sua verdadeira condição física.

Não podia se entregar à dor e nem aparecer toda torta na frente de Diogo. Tomou um relaxante muscular e entrou no chuveiro – um banho bem quente ajudaria. Quando saiu de casa, já se sentia um pouco menos dolorida.

Só um pouco.

Na casa da tia, bebeu o café que ela tinha preparado para receber a sobrinha. Na mesa da cozinha, Isadora mostrou-lhe algumas amostras do piso que ela e Diogo colocariam no banheiro. A tia passou os dedos cheios de anéis pelas peças e disse:

"Muito bonito. Parece que vai ser um banheiro mais moderno."

"Moderno, mas não ao ponto de destoar do resto da casa. O que acha da cor da tinta?" ela perguntou mostrando um cartãozinho com a amostra da cor acinzentada.

"Muito bonita, mas não seria melhor uma cor mais vibrante?" disse a tia mexendo os braços no ar.

"Achamos que assim não tem erro por serem tons mais clássicos."

"Bom, vocês decidem," ela disse e levantou-se. "Vou bater perna enquanto vocês ficam aí no barulho e na poeira."

Isadora reparou que o nível de interesse da tia pela reforma parecia ter diminuído enquanto o dela própria aumentara apesar do conflito com a perspectiva da viagem para a Itália.

A tia despediu-se e saiu deixando seu rastro de perfume. Isadora abriu as janelas da cozinha para que o ar fresco deixasse seu próprio perfume. Ela deu um pulinho quando ouviu um barulho estranho na porta da cozinha. Abriu a porta e apressou-se para ajudar Diogo que carregava uma enorme caixa. "Peguei o vaso e a banheira na loja. Será que tem um café para mim?"

Ela deu passagem para ele colocar a caixa no chão da cozinha e encheu uma caneca de café para ele. De pé, ao lado da mesa, Diogo tomou um gole da bebida quente. "Meu primo chega daqui a uma hora e me ajuda com a banheira."

Isadora olhou para aquele homem e ficou imaginando como seria como auditor, sentado o dia todo num escritório fechado usando roupa social. Realmente ali de calça jeans e camiseta, com a barba por fazer e o cabelo escuro em desalinho, parecia bem à vontade. Ela o entendia porque não conseguia se imaginar naquele escritório em Vancouver, pegando ônibus todos os dias debaixo de chuva forte ou garoa naquela cidade tão úmida. Isadora parou perto da janela da cozinha. O sol entrava e batia no seu ombro – *nada melhor do que poder usar camiseta de alcinha de novo*, ela pensou.

"Diogo, estou achando tia Áurea meio desanimada com a reforma."

"Talvez seja por causa do barulho e da bagunça. Mas mal começamos e o que ela vê é sujeira."

Isadora colocou sua caneca na lava-louça e deu de ombros. Quando Diogo terminou seu café, ela fez o mesmo com a caneca dele.

Os dois subiram com a caixa do vaso para o segundo andar e foram buscar na pick-up o restante dos materiais que tinham comprado no dia anterior.

No banheiro, Diogo explicou para Isadora como assentar o piso, o que ela aprendeu com uma certa facilidade.

"Estou dizendo que você leva jeito para construção. Quando desistir do turismo, vem trabalhar comigo," ele disse.

Ela arqueou as sobrancelhas e deu de ombros. Depois de uns quarenta minutos ajoelhada, Isadora sentou-se no chão com os joelhos dobrados. Passou as mãos pelas pernas descobertas e esticou os braços. Os músculos gritaram, mas ela não se deixou entregar por qualquer expressão de dor.

Diogo segurou a espátula com argamassa em uma mão e uma peça do piso na outra e olhou para ela. "Se quiser parar um pouco, eu continuo aqui."

"Preciso só me esticar. Vou buscar alguma coisa na cozinha para a gente beber e beliscar." Apoiando a mão no chão, ela se levantou devagar. Diogo passou a argamassa no chão e virou o rosto para olhar para ela com o típico meio sorriso. Ela colocou a mão na cintura e saiu do banheiro fazendo o possível para que a expressão do rosto não denunciasse a dor no corpo.

Na cozinha, Isadora mexeu na geladeira da tia e aproveitou para fazer várias caretas de dor. Achou vários ingredientes diferentes para fazer sanduíche e fez alguns pequenos triangulares de peito de peru, tomate seco e rúcula. Espremeu uns limões e fez uma limonada bem forte. Voltou para o banheiro e, usando um banquinho como mesa, colocou a comida em cima. Encheu dois copos descartáveis com limonada e entregou um para Diogo que se sentou ao lado da mesinha improvisada.

"Muito bom," ele disse depois de dar uma mordida no delicado sanduíche. "Conseguiu alongar o corpo?"

"Consegui," ela respondeu e bebeu um copo inteiro de limonada.

Quando terminaram Isadora foi se levantar do chão e, com a dor que sentiu, bateu o joelho no banquinho, derrubando o prato que ainda tinha um resto de comida. Agachou-se para catar o que tinha caído com a ajuda de Diogo. O cabelo dela soltou-se do penteado improvisado.

Ele parou o que estava fazendo e passou os olhos pelo cabelo da moça.

Constrangida, Isadora levantou-se o mais rápido que pôde e, colocando o pratinho de volta no banco, enrolou o cabelo. Diogo sentou-se no chão e observou a cena. Ela saiu do banheiro carregando tudo o que tinha trazido e desceu a escada sentindo dezenas de borboletas no seu estômago. Quando chegou na cozinha, a campainha tocou.

Isadora abriu a porta e deparou-se com um rapaz louro de rabo de cavalo. As tatuagens nos dois braços subiam por dentro da camiseta e ressurgiam no pescoço. Ele olhou para Isadora de cima a baixo, arrumou a camiseta suja de tinta e deu um sorriso torto.

"Você deve ser o primo do Diogo," ela disse estendendo-lhe a mão.

Ele segurou a mão da moça por mais tempo do que deveria, obrigando-a a tirá-la com força.

"Muito prazer. Joe." Como Isadora não disse seu nome, ele perguntou: "E você? Espero que seja a dona da casa."

Isadora respondeu com uma voz cortante:

"Minha tia é a dona da casa. Meu nome é Isadora." Ela deu espaço para ele entrar, o que ele fez devagar passando bem rente ao corpo dela. Ela se retesou na soleira da porta evitando qualquer contato. O cheiro de cigarro do rapaz era forte e seus dentes eram um pouco amarelados. *Preciso avisar a ele que não fume aqui dentro.*

Sem dizer mais uma palavra, Isadora fez um sinal para ele acompanhá-la e foram para o banheiro.

"Joe, você está atrasado," Diogo disse com o semblante sério assim que o rapaz apareceu na porta.

"Sabe como é," disse ele olhando para Isadora. "Às vezes, a gente fica distraído no caminho."

"Isadora," Diogo disse, "esse é meu primo Joe."

"Já nos apresentamos," ela respondeu de forma seca.

Diogo olhou para ela com as sobrancelhas arqueadas. "Quero que ele faça o chuveiro. Ele é uma das pessoas mais minuciosas que conheço para trabalhar com revestimento de banheiro."

Isadora deu de ombros. "Então não vai precisar de mim aqui?"

"Por enquanto não," disse Diogo. "Vamos adiantar o máximo que der hoje e quando formos pintar, eu aviso. Enquanto isso, por que não aproveita para preparar os quartos para pintura? Menos o de sua tia. Podemos fazer isso depois que o resto estiver pronto. Aqui na caixa de ferramentas tem a fita adesiva para passar ao redor das portas, das janelas e dos armários. Não se preocupe com os rodapés porque vou tirá-los para arrancar o carpete."

"Se precisar de ajuda, estou à disposição," Joe disse a ela e recebeu um olhar de reprovação do primo. Isadora saiu o mais rápido que podia dali e foi para um dos quartos de hóspede.

Capítulo 7

Isadora deu um pulo quando Diogo a chamou da porta do quarto. Ela já tinha passado a fita no contorno do armário e ia começar a fazer as portas, janela e teto.

"Queria saber se precisava de ajuda para arrastar os móveis para o meio do quarto, mas vejo que já fez isso," ele disse e encostou-se na soleira da porta com os braços cruzados.

"Era só a cama e a cômoda. Esse quarto quase não é usado então não tem muita coisa. Preciso de uma escada para passar a fita lá em cima," ela disse apontando para o teto e segurou um rolo de fita quase no fim. "Preciso de mais fita também."

"Vou pegar no carro," Diogo disse e saiu.

Isadora começou a passar a fita em volta da janela quando sentiu alguém chegando por trás dela. Ela virou-se e deu de cara com Joe. Isadora desviou-se e parou ao lado da porta.

"O que você quer?" perguntou irritada.

"Quero saber se precisa de ajuda," ele disse mostrando os dentes amarelados.

"Seu primo vai me ajudar."

"Vocês dois estão –"

Ele não completou a frase, mas fez um gesto esfregando os dois dedos indicadores, o que deixou Isadora furiosa.

"Não sei o que quer dizer com isso e, seja o que for, não é da sua conta."

"O que está acontecendo?" Diogo perguntou ao entrar com uma escada de quatro degraus e vários rolos de fita adesiva.

"Nada, primo."

"Sugiro que seu primo se concentre no seu próprio trabalho," Isadora disse puxando os rolos de fita da mão de Diogo com rispidez.

"Joe, vai tratar do seu serviço," Diogo disse e apontou o dedo na direção do banheiro. Quando Joe saiu, Diogo disse para Isadora:

"Desculpe se meu primo aborreceu você. Ele tem esse jeito, mas é boa pessoa e trabalha muito bem."

"Então sugiro que ele faça o trabalho longe de mim."

Isadora abriu a escada, subiu e começou a passar fita entre o teto e a parede sem olhar para Diogo que permanecia parado encostado na porta. Percebendo que ele não saía, ela olhou para ele do terceiro degrau. "O que foi?"

"Nada," ele deu de ombros e saiu do quarto. Isadora também deu de ombros e voltou ao trabalho.

******

Já eram três da tarde quando o estômago de Isadora começou a roncar. Ela já tinha passado fita adesiva no segundo quarto e tinha, de curiosidade, aberto um armário para ver o que havia dentro. O armário do primeiro quarto guardava roupas de cama ainda fechadas no pacote e roupas de homem que deviam ser do tio Miguel. Já no segundo quarto, o armário tinha uma pilha de caixas forradas com papel de presente. Isadora levantou a tampa de algumas delas e viu vários documentos, mas não quis ser intrometida e mexer nos papéis. Perguntaria à tia o que eram depois.

Ela desceu para a cozinha para arrumar alguma coisa para comer. Diogo geralmente comia fora ou trazia alguma coisa da rua, mas ele e Joe pareciam dispostos a terminar o trabalho do chuveiro naquele dia e não deram sinal que sairiam.

Isadora abriu os armários e a geladeira e tirou ingredientes para uma salada. Caprichou colocando folhas, frutas secas, nozes e queijo. Serviu uma porção grande em um prato fundo e começou a comer quando Diogo entrou na cozinha.

"Está com uma cara muito boa."

"Tem bastante para todo mundo se quiser comer e chamar seu primo também."

"Joe saiu para comprar comida para ele e para mim. Ele passou pela frente para dar uma olhada no jardim. É muito bom de jardinagem."

Sentada à mesa, Isadora fez um sinal apontando para uma cadeira à sua frente. Diogo sentou-se depois que pegou um prato e talheres.

Entre garfadas, ele disse:

"Desculpe pelo comportamento do meu primo. Ele teve uma infância e juventude bem tumultuadas, mas eu tento ajudar como posso. Ensinei algumas coisas de reforma para ele e percebi que ele tem muito talento. Não consegue ainda pegar projetos sozinho porque é muito instável, mas, quando eu pego as rédeas, ele vai bem. Se ele for inconveniente com você, avise-me. Uma das coisas que quero ensinar a ele é como ser cortês com as pessoas e cavalheiro com as mulheres."

Isadora não pôde deixar de rir da escolha de palavras de Diogo. Seu leve sotaque de quem aprendeu inglês melhor do que português dava-lhe um certo charme.

"Por que está rindo?" ele perguntou rindo também.

"Suas palavras são tão – como vou dizer – refinadas."

Ele riu e disse:

"Aprendi português com segundas intenções."

Isadora franziu a testa e ele continuou:

"Até os sete anos me recusava a falar português. Meus pais tentavam, mas eles próprios preferiam inglês; vieram para cá muito novos." Diogo deu mais uma garfada na salada antes de continuar: "Quando eu tinha sete anos, uns parentes vieram de Portugal para morar aqui e tinham uma filha linda que só falava português. Era uma prima de segundo grau e me encantei por ela. Daí a segunda intenção em aprender. O que aprendi foi nos livros – sempre li muito em português. Talvez por isso meu vocabulário seja mais, como você disse, refinado."

"Até que é charmoso," Isadora disse e logo arrependeu-se quando viu o olhar de Diogo. Apressou-se em continuar a conversa. "E o que deu com a prima?"

Diogo encostou-se na cadeira e tamborilou o polegar na mesa. "Acho que ela pensou que eu era burro porque não falava a língua direito e me esnobou." Vendo o riso torto dele, Isadora deu uma risadinha. Ele continuou:

"Fiquei de coração partido, mas em boa companhia – os livros em português."

"É uma excelente companhia," Isadora respondeu olhando séria para ele.

"Mas voltando ao assunto do meu primo, estou ensinando um pouco de boas maneiras para ele."

"E como é isso de ser cavalheiro?" ela perguntou com um sorriso maroto. "Como um cavalheiro deve agir?"

Ele deu uma garfada e voltou a tamborilar o dedo na mesa. "Um cavalheiro deve tratar uma dama como ela merece – com cortesia, cuidado, mostrando admiração e valorização."

"Por que ela é fraca?" Isadora instigou.

Diogo parou de tamborilar o polegar, olhou para Isadora com semblante sério e respondeu:

"Não. Porque é especial. Algumas mulheres podem se irritar com isso achando que os cavalheiros as consideram incapazes. Na verdade, o cavalheiro deseja que a dama, como você disse, sinta-se valorizada."

Isadora deixou o garfo na beirada do prato e recostou-se na cadeira. "Então continue com suas aulas com seu primo. Não sei se ele é um bom aluno."

"Cheguei," Joe entrou carregando uns pacotes de *fast food*. "Aqui, primo. Mas estou vendo que já está bem alimentado e em ótima companhia."

Isadora apoiou as mãos na cadeira pronta para se levantar, mas acabou se recostando. "Joe, sente-se aqui com a gente. Se quiser um pouco de salada, pegue um prato naquela porta do armário." Ela apontou para onde os pratos estavam.

Diogo olhou para ela e deu uma piscadinha. Ela sentiu o calor do pescoço subir para as bochechas.

Os três comeram a salada e os sanduíches com batatinha. De vez em quando, Diogo corrigia algum comportamento ou algumas palavras do primo de forma discreta. Isadora achou interessante a atitude de Diogo de ajudar o primo mais novo.

"O que você achou do jardim, Joe?" Diogo perguntou.

"Tem potencial. O gramado está bem feio, mas também entramos agora na primavera e dá para recuperar em poucas semanas. Os arbustos que acompanham a escada precisam de uma poda e podemos colocar algumas flores na frente da casa." Ele olhou para Isadora enquanto rodava uma batatinha com os dedos. "É só me falar o que quer que corro atrás."

"Depois a gente vai lá fora e você me mostra. Gosto da ideia das flores. Dá um pouco de trabalho cuidar delas, mas é só no verão," Isadora respondeu enquanto brincava com o garfo no prato.

Diogo levantou-se e começou a limpar a mesa. "Vamos trabalhar; quero terminar o chuveiro hoje ainda, Joe."

Depois de tudo arrumado, os primos subiram e Isadora ficou fazendo café. Sua tia Áurea entrou em seguida pela porta da cozinha com um buquê de flores. "A vida é um presente!" A tia falou com o costumeiro tom triunfal de voz levantando o buquê como uma bailarina.

Isadora deu uma risada e encheu sua caneca de café fresco. "O que está acontecendo? Ganhou flores de um admirador?"

Áurea cheirou o buquê e respondeu:

"Há coisas que precisamos guardar para nós mesmos até que a verdade seja revelada."

Isadora riu e deu de ombros. Encostou-se na pia enquanto bebia o café e examinou o semblante da tia. Parecia que estava com a cabeça nas nuvens e Isadora continuava a achar estranho que a mulher não perguntava sobre a reforma desde que começara.

"Tia, desculpa interromper seu momento filosófico, mas gostaria que visse o progresso que já fizemos no banheiro do corredor de cima. Está ficando lindo! Eu já comecei a preparar os quartos para a pintura."

"Que bom, que bom," a tia disse sem render o assunto.

Ela estava saindo da cozinha quando Isadora perguntou, um pouco triste pelo desinteresse da tia na reforma:

"Achei no armário de um dos quartos umas caixas com documentos antigos. Posso dar uma olhada nos papéis?"

"Claro. São documentos de família do seu tio Miguel. Ele procurava informações sobre a história da vinda da família para o Okanagan e guardava não só documentos, mas recortes de jornal e informativos sobre imigração. Pode mexer à vontade."

Áurea deu as costas e sumiu pelo corredor que dava para a sala, cantarolando. Isadora sentiu um friozinho no estômago. A mudança de comportamento da tia tinha sido drástica. Ela sempre teve um grande amor pela casa que ela e o marido tinham comprado depois de anos de trabalho duro. Como nunca tiveram filhos, economizaram para terem uma aposentadoria tranquila e viajarem, e a casa era para eles o símbolo da conquista dos sonhos. Isadora fez uma anotação mental de escrever para o tio Paulo e perguntar se ele sabia de alguma coisa.

Enquanto isso, ela tinha muito trabalho a fazer nos quartos.

Capítulo 8

Isadora, Diogo e Joe estavam de pé no banheiro recém-reformado. O contraste suave do cinza claro e do mosaico preto e branco com detalhes cromados das torneiras e das luminárias dava ao ambiente um ar de sofisticação.

"Parece muito maior do que antes," Isadora disse e passou a mão pelo revestimento da parede. "Ficou lindo! Estão de parabéns!"

"Lembre-se de que parte do trabalho foi seu, Isadora," Diogo disse.

Ela sorriu e virou-se para Joe. "Seu primo tinha razão – você é um mestre em revestimento de banheiro. O mosaico do chuveiro ficou perfeito."

"Tenho uma musa inspiradora," disse o rapaz. Diogo deu-lhe um tapinha no braço e Isadora balançou a cabeça.

Diogo e Joe tinham levado mais tempo no banheiro do que o previsto por causa de um problema no encanamento que foi resolvido por um amigo de Diogo.

"Sugiro uma folga amanhã e domingo. Eu estou cansada e preciso sair um pouco para respirar ar puro. Toda essa poeira está me sufocando, literalmente." Isadora bateu o pó da calça com as mãos.

"Joe e eu vamos andar de caiaque no lago. Quer vir com a gente?" Diogo convidou e Joe deu um meio sorriso.

O moleque não me deixa em paz, ela pensou irritada. "Acho que vou. Ia outro dia, mas com a correria aqui, deixei para lá. Vocês têm caiaque ou alugam?"

"Eu tenho dois caiaques e Joe tem o dele. Não se preocupe em alugar," Diogo respondeu fazendo um sinal para o primo sair do banheiro. Ele obedeceu e Isadora ouviu-o descer as escadas.

"Isadora, parece que vou ter que ficar pedindo desculpas pelo meu primo. Percebi que você se sente incomodada com os olhares e comentários dele. Já conversei com ele sobre isso. Ele não pode ver um rabo de saia – gostou de você.”

Isadora arregalou os olhos e cruzou os braços. “Que ideia! Não dei motivo para isso.”

Diogo aproximou-se mais dela, no meio do banheiro. Isadora sentiu as borboletas voltarem a bater asas no seu estômago. Ele sorriu e disse:

“É justamente essa sua despreocupação que chama atenção.”

“Chama atenção de quem? Do seu primo?” ela perguntou com irritação na voz.

“Não só dele. Principalmente quando você faz aquele negócio com o cabelo.” Ele imitou Isadora fazendo um coque no alto da cabeça e sorriu.

Isadora deu um passo para trás. Seu rosto começou a queimar. “Você não tem coisa mais interessante para fazer do que analisar meus gestos?”

Dessa vez foi Diogo quem cruzou os braços. “Digamos que não é muito difícil fazer uma leitura das suas emoções nos seus gestos.”

Um calor subiu pelo pescoço de Isadora com o sorriso cínico dele. Ela esticou os braços rente ao corpo, cerrou os punhos e saiu do banheiro, passando por Diogo depressa, sem olhar para ele.

******

De volta ao quarto, Isadora colocou tinta na bandeja e quase derrubou a lata. Achava que não era só Joe que estava com liberdade demais com ela – o primo mais velho começava a mostrar suas asinhas também. Imaginava que Diogo teria uma personalidade forte, mas esperava que ele a mantivesse sob controle no ambiente de trabalho.

Isadora ficou quietinha no seu canto fazendo a pintura, evitando contato com Diogo e Joe. Ela conectou o fone de ouvido no celular e escolheu uma lista de músicas – era uma boa forma de se isolar. Precisava manter o foco no trabalho.

Não viu a tia o resto do dia. Áurea tinha saído de novo de casa cantarolando e deixando seu rastro de perfume. Isadora tentaria conversar com ela à noite para descobrir o que estava acontecendo. Se tinha arrumado um namorado, os planos do Bed & Breakfast poderiam ir por água abaixo. Isadora sentiu uma pontada de tristeza com a possibilidade de o projeto não ir para frente. *Um romance pode atrapalhar muita coisa*, ela pensou.

No final do dia, Diogo entrou no quarto que Isadora estava terminando de pintar. Ela estava mais calma e pensou que era besteira dar muito ouvido ao que ele falava. Ela levou o rolo de volta à bandeja de tinta e, com cuidado, encharcou-o e tirou o excesso como Diogo a tinha ensinado.

Ele examinou os cantos das paredes e os contornos das portas. "Muito bom!"

Isadora levou o rolo à parede fazendo um movimento em V, cobrindo a cor velha e desbotada com um tom suave de creme. Deu uma olhadinha para Diogo por cima do ombro enquanto subia e descia o rolo.

Diogo fez um leve movimento de aprovação com a cabeça. "Antes de eu ir embora, vou arrancar o carpete do próximo quarto. A gente se vê amanhã no mesmo lugar que nos encontramos na praia."

Ela recolocou o rolo na bandeja e alongou os braços. Foi arrumar o cabelo, mas logo desistiu pensando no que Diogo tinha falado sobre isso.

"Posso confessar uma coisa?" Isadora perguntou e enfiou as mãos nos bolsos para controlar o impulso de refazer o coque.

"O que foi?" ele perguntou com olhar curioso.

"Estou achando minha tia muito estranha. Todo aquele entusiasmo inicial de reformar a casa desapareceu em poucos dias. Ela sai logo cedo e, quando volta, não pergunta nada sobre o que estamos fazendo. Acho que deve ter arrumado algum amigo mais especial e vive com a cabeça nas nuvens."

"E por que você está preocupada com isso? Depois que fizer seu trabalho aqui vai embora e, se sua tia desistir do B&B, não vai fazer muita diferença para você, vai?"

Por algum motivo, Isadora sentiu-se chateada com o comentário. Não sabia explicar mesmo por que se importava com a indiferença da tia. Sabia que o dinheiro que receberia dos lucros do B&B seria muito pouco no início, isso se desse algum lucro, mas, quanto mais investia seu tempo e trabalho na casa, mais sentia-se apegada a ela, talvez pelas memórias da infância.

Diogo repetiu a pergunta vendo que ela não respondeu de primeira:

"Vai fazer diferença, Isadora, se ela desistir do projeto?"

"Não tenho uma resposta. Talvez seja bobeira minha e estou me apegando a algo que nem meu é."

"Ou talvez você não tenha tanta convicção de que quer sair mundo afora."

Isadora arregalou os olhos, mas não comentou nada.

"A gente se vê amanhã às nove," Diogo disse fazendo um aceno antes de sair do quarto.

Capítulo 9

Isadora olhou para o horizonte à sua frente. Se fosse uma foto, seria difícil distinguir qual era o céu e qual era o lago a não ser pelas pequeníssimas marolas lambidas pelo vento matinal. Ela desceu do carro, esticou os braços e inspirou. Nada melhor do que um dia ao ar livre. As grandes árvores do calçadão exibiam a nova folhagem de primavera. Os gansos alardeavam sua volta para o hemisfério norte e tiravam rasante por cima da água como uma esquadrilha da fumaça.

A movimentação de sábado em um lindo dia como aquele, depois de um longo inverno, enchia Isadora de adrenalina. Gostava de ver as pessoas aproveitando o sol e o ar puro. No calçadão, debaixo de uma árvore, ela começou a se alongar enquanto esperava Diogo e Joe.

Ela tinha escolhido a roupa de ginástica mais colorida do armário para combinar com as cores do dia; estava cansada de usar cores escuras no inverno interminável. Teve o cuidado de amarrar um rabo de cavalo para não atrair o comentário de Diogo. Não queria mesmo distração, só diversão. Seu corpo cansado e dolorido de ficar de pé ou ajoelhada na reforma da casa queria movimentos amplos.

Olhando para as horas no celular, ela viu que ainda tinha uns 15 minutos antes dos primos chegarem. Colocou a pequena mochila nas costas e fez uma breve corrida, voltando depois para o local do encontro. Logo viu Diogo e Joe carregando dois caiaques. *O outro deve estar na pick-up ainda*, ela pensou.

"Bom dia!" Diogo a cumprimentou e Joe fez um aceno.

"O dia não poderia estar melhor para andar de caiaque. Mas só tem esses dois?" ela perguntou.

"Na verdade, sim. Um deles é para duas pessoas. O outro que eu tinha individual estava rachado e não achei seguro," explicou Diogo enquanto ele e Joe colocavam os barcos na areia.

Isadora sentiu um gelo subindo pelo estômago pensando se teria de dividir o seu com Joe.

"Se não se importar, você vem comigo," Diogo explicou logo que percebeu a hesitação de Isadora.

Isadora balançou a cabeça de leve concordando. "Pogo não veio?"

"Ele queria, mas a lotação já estava esgotada."

Diogo e Joe empurraram os caiaques para a água. O rapaz entrou no seu caiaque e, sem esperar pelo primo e Isadora, começou a remar.

"Vejo vocês mais tarde," Joe gritou acenando com seu remo.

Isadora sentiu-se um pouco ansiosa por dividir o barco com Diogo que mal conhecia – fazer reforma não era a melhor forma de conhecer alguém, pensou – mas agora era tarde demais para retroceder. Vestiu o colete salva-vidas que ele lhe entregou e sentou-se na frente, conforme Diogo indicou. O barco deslizou na água e, com grande agilidade, ele entrou no caiaque. Os dois começaram a remar enquanto ele dava as coordenadas para onde deveriam seguir.

Isadora fechou os olhos e sentiu a brisa no seu rosto. A sensação de liberdade a encheu de vida. Parecia que ali, deslizando pelo lago, os problemas e dúvidas desapareciam. Tirou da mente qualquer pensamento que exigisse dela uma decisão.

"Adoro isso!" ela virou-se para Diogo. "A sensação de liberdade é incrível." Ao dizer isso, Diogo começou a remar mais rápido. Isadora colocou o remo no colo por alguns minutos, olhou para as montanhas à sua frente e abriu os braços como se estivesse voando com os gansos.

"Cuidado para a gente não levantar voo," ele disse bem humorado.

Ela pegou o remo novamente e os dois foram mais devagar. Isadora queria ser capaz de eternizar aquele momento. A cada fôlego que tomava, imaginava-se inspirando um pouco da paisagem também – as montanhas de um lado, a praia e a cidade do outro. Passaram por Joe que seguia logo atrás de uma jovem com traços orientais.

"Esse aí não tem jeito," disse Diogo.

Remaram por um bom tempo e a dor muscular de Isadora não a incomodava mais. Queria ver quando chegasse em casa!

"Quer dar uma parada naquela praia?" ele perguntou apontando com o remo para um pedaço de areia rodeado de árvores.

"Vamos. Estou com sede e morrendo de calor com esse colete salva-vidas."

Os dois remaram até a pequena praia e desceram do caiaque, empurrando-o para debaixo de uma das árvores. Isadora olhou ao redor procurando um lugar para estender sua toalha. Viu duas amigas tomando sol e um casal nadando. Colocou a toalha em uma parte gramada da pequena praia, tirou o colete salva-vidas, o tênis, a roupa de ginástica e pulou na água. Sentia-se constrangida de estar usando biquíni. Depois de meses usando várias camadas de roupa pesada, cobrir o corpo com tão pouco levava tempo para se acostumar. Para evitar o olhar de Diogo, foi o mais fundo que podia, onde a água chegava até seu pescoço.

Jogando água para cima, ela o chamou:

"Vem, está uma delícia. Ou talvez um pouco gelada."

Ele tirou a camiseta e o tênis e se jogou na água. Isadora o ficou procurando e deu um pulo quando ele pegou no seu pé. Saiu ao lado dela sacudindo a cabeça para tirar o excesso de água.

"Pensou que era o Ogopogo?" ele perguntou fazendo uma careta de monstro.

Ela riu e jogou água no rosto dele. "Isso aqui não é impressionante? Até parece o mar." Isadora deu uma meia volta para ver a paisagem.

"Se gosta tanto daqui, por que quer ir embora?" O tom da voz dele não era de quem julgava, mas de mera curiosidade.

"Difícil explicar. Parece que quero ainda conquistar o mundo antes de parar num lugar só. Não sei se entende."

"Já viajei bastante, mas alguma coisa sempre me traz para cá. Gosto da tranquilidade, do clima, de espaços abertos como esse." Ele fez um gesto com a mão mostrando a paisagem. "Daqui posso ir para onde quero, mas sei que sempre volto."

"Não sei. Não quero me sentir presa."

"Quem disse que tem que ficar presa. A liberdade é justamente isso: poder ficar ou sempre voltar. Não me sinto preso."

Isadora olhou para ele e refletiu sobre o que tinha falado. Girou o corpo devagarinho sentindo a areia fina nos pés e examinou as montanhas, o imenso lago e a cidade bem ao longe; seu coração bateu forte. "Talvez tenha razão. Mas hoje não penso dessa forma."

Ele deu de ombros. "Vamos ver quem chega primeiro até aquela boia?"

Sem responder, Isadora mergulhou e saiu mais à frente nadando na direção apontada. Diogo mergulhou e saiu na frente dela com braçadas velozes. Ela não perdeu a oportunidade quando ele passou batendo os pés com força; agarrou o pé dele e puxou forte. Ele girou o corpo e colocou-se de barriga para cima fingindo que estava se afogando.

"Jogo baixo," ele disse quando ela nadou rápido até a boia. Em um mergulho, ele a alcançou, saindo bem na sua frente. Com a força da água, o rabo de cavalo de Isadora se desfez. Sem jeito, ela puxou o elástico e, abaixando-se, deu um mergulho vertical. Quando voltou, seu cabelo longo cobria seus ombros. Ela ficou parada. O olhar de Diogo prendia o seu. Ele pegou uma mecha do cabelo da moça e desceu os dedos até as pontas.

"Não prende, não," ele disse baixinho.

Isadora sentiu as pernas bambearem um pouco. Desviou o olhar do dele e abaixou-se um pouco na água. Seu cabelo flutuava em torno dela como algas. Viu uma pequena onda se aproximando com o movimento de Diogo chegando mais perto. De repente, sentiu a água mais fria e um arrepio subiu por sua espinha. Seus pés pareciam plantados no fundo do lago. Tudo ao seu redor parecia estar sumindo: as pessoas, os barcos, as montanhas. A única coisa que ela via era o rosto de Diogo aproximando-se do seu. Ela teve uma sensação de pânico e afastou-se. Ele deu um sorriso com o canto da boca e parou onde estava.

"Finalmente achei vocês. Estou atrapalhando? Essa é a Emily," disse Joe aproximando-se de caiaque com a moça de traços orientais em um outro barco. Isadora sentiu-se agradecida pela intromissão.

Capítulo 10

A mocinha de traços orientais parecia constrangida por ter chegado em uma hora inoportuna. Isadora cumprimentou a moça e foi saindo da água apressadamente. Um arrepio percorreu seu corpo.

Joe arrastou seu caiaque e o da mocinha para perto do caiaque de Diogo e foi nadar com sua nova amiga.

Isadora pegou sua toalha que estava estendida na areia, sacudiu-a e começou a se enxugar. Diogo não parecia muito diferente do primo que não podia ver um rabo de saia, afinal ele mal a conhecia para ir se aproximando daquele jeito. O melhor era colocar logo uma barreira entre eles. Isadora precisava deixar claro para Diogo que ela estava longe de querer um romance e muito menos beijos com gosto de ostra, como os de Peter. Se bem que ela duvidava muito de que aquele fosse o caso de Diogo, mas não estava interessada em saber. Queria paz e sossego para terminar a obra da tia e depois desaparecer.

"Isadora," Diogo falou com voz suave como se não quisesse assustá-la. Ela olhou para ele já enrolada na toalha e, como ficou calado, ela disse:

"Vamos embora?"

"Mas você não queria tomar sol?"

"Tomo sol na outra praia. Quero voltar logo para casa e é melhor eu ficar perto do meu carro se decidir ir embora."

Ela foi recolhendo suas roupas espalhadas na areia e puxou a mochila do caiaque. Enrolou o cabelo todo em um coque e passou um elástico em volta.

Diogo não disse nada e vestiu a camiseta. Deslizou o caiaque para a água e esperou Isadora entrar depois que colocou o colete salva-vidas. Remaram, ora sincronizados, ora em ritmo diferente, fazendo com que o caiaque saísse do curso. Chegando à praia principal, Isadora desceu e procurou um lugar para estender a toalha. Diogo puxou o caiaque para perto da calçada e disse:

"Isadora, vou deixar o caiaque aqui e buscar meu carro."

Ele foi e voltou minutos depois, estacionando o carro mais perto de onde estavam. Guardou os coletes salva-vidas no próprio caiaque e o colocou na carroceria da pick-up. Isadora olhava de rabo de olho aquela movimentação e sentiu-se um pouco constrangida por o estar tratando de forma seca. Afinal, ele não tinha feito nada. Talvez ela estivesse fazendo tempestade num copo d'água. Diogo era uma pessoa agradável e gostava de conversar com ele. Isadora não via mal algum em fazer amizade com uma pessoa interessante. Era só ela manter uma certa distância que ele entenderia os limites.

Ela se sentou na toalha e olhou para ele com a mão na testa para se proteger do sol. "Fica mais um pouco. Desculpa se fui grossa."

Ele sorriu, pegou uma toalha da mochila e sentou-se ao lado dela. Permaneceram em silêncio. Isadora deitou-se com o antebraço cobrindo o rosto. Diogo pegou seu telefone e depois de um tempinho disse:

"Muito bom seu blogue. Viajei com você no passeio ao Lago de Garda na Itália. O lugar é lindo."

Isadora apoiou-se em um dos cotovelos e contou para ele mais detalhes sobre o lugar. Conforme ele fazia perguntas, ela contava de outros lugares que tinha visitado, alguns deles Diogo procurava no blogue.

"Quando eu era pequeno, íamos sempre para Portugal. Minha família tem uma casa de praia no Algarve e faz um tempo que não vou lá."

"E seus pais, vão sempre para Portugal?"

"Iam mais, mas a saúde do meu pai não anda muito boa e preferem ficar por aqui."

"Algum problema grave?" Isadora quis saber com preocupação genuína.

"Teve uma pneumonia há alguns meses e depois disso fica sem fôlego muito rápido. O trabalho no pomar anda bem atrasado e essa primavera vou ter que ajudá-lo mais se formos manter a produção de frutas e legumes."

"Quando eu posso ir junto?" ela perguntou. "Você disse que eu podia tirar foto para meu blogue."

"Tento ir todo fim de semana e alguma vez no meio da semana. Aviso quando eu for."

Isadora esticou-se novamente na toalha e Diogo deitou-se ao lado dela, ainda com o celular na mão. De vez em quando fazia alguma pergunta sobre as viagens e Isadora respondia de olhos fechados por causa do sol no seu rosto, com a imagem vívida dos lugares que tinha visitado em sua mente.

Ela se lembrou das vezes que desejou explorar o mundo quando ainda era pequena e via fotos de outras cidades e outros países em revistas ou na casa de amigos. Mudar-se para o Canadá foi um presente inesperado, o que acabou abrindo portas para outras aventuras de viagem. Sentia dificuldade de parar em um lugar só; de ter raízes que se aprofundassem e lhe fizessem apegar-se a um único ponto no mapa múndi. Via na mídia social amigos que nunca saíram nem da cidade onde nasceram. Não conseguiria viver assim. Por outro lado, podia entender o senso de pertencer dessas pessoas que construíram sua vida em torno de uma comunidade conhecida onde todos cresciam juntos. Talvez não houvesse o ideal – ir ou permanecer – mas queria, por enquanto, ir.

Sentiu um cutucão no braço e abriu os olhos. Diogo estava agachado do seu lado. "Você dormiu? Chamei você várias vezes e nem se mexeu."

"Acho que estava sonhando acordada," ela respondeu e apoiou-se no cotovelo olhando para ele e depois para a paisagem ao seu redor. Alguma coisa ali, naquele momento, trouxe-lhe um sentimento de nostalgia, de saudade daquilo que via, como se estivesse vendo por fotografia, em um lugar distante.

Isadora percebeu o olhar curioso de Diogo.

"O sonho deve ser bom mesmo," ele disse. "Dá para acordar e nadar comigo?"

Ela se levantou e foram juntos para água.

"Sugiro que a gente nade naquela direção, acompanhando a corda." Ele apontou para uma corda que separava a área dos banhistas e a dos barcos.

Isadora jogou-se na água primeiro e começou a dar braçadas na direção indicada. Primeiro, as marolas das braçadas de Diogo a tiravam do curso, mas logo, como em uma coreografia, os dois sincronizaram suas braçadas e seguiram na mesma velocidade. Quando um aumentava ou diminuía a velocidade, o outro ajustava-se ao ritmo. Depois de um tempo, deram a volta em uma das boias que seguravam a corda e voltaram ao ponto de partida. A água fria tirava a dor e o cansaço do corpo de Isadora e ela aproveitou aquele momento para esvaziar sua mente conturbada.

Ela e Diogo saíram da água e foram interrompidos por um senhor sentado debaixo de uma árvore em uma espreguiçadeira.

"Nadam junto sempre? Que sincronia!"

Isadora e Diogo, que vinham conversando em português, mudaram para inglês para conversar com o homem. Diogo respondeu:

"A gente já nada junto há exatamente – um dia."

O senhor deu uma gargalhada e voltou à observação dos outros banhistas.

Isadora e Diogo sentaram-se nas toalhas rindo do comentário do senhor. O telefone de Isadora tocou e ela remexeu o conteúdo da bolsa, molhando tudo com o cabelo pingando. Ele parou de tocar e recomeçou, até que finalmente ela o achou embolado nas roupas. "Oi tia Áurea! Claro – sim, vou – beijos."

Pegando suas coisas, Isadora explicou a Diogo:

"Minha tia quer conversar comigo e me chamou para tomar um chá com ela. Então já vou. Quero passar em casa primeiro. Por algum motivo, estou com um sentimento ruim."

Ela vestiu apressadamente a roupa de ginástica, colocando a blusa do avesso. Diogo apontou para a camiseta e ela deu de ombros, catando o resto das coisas.

"Acompanho você até o carro," ele disse. Quando Isadora foi argumentar, ele fez um sinal como de pare com a mão. "Sou cavalheiro, lembra? Depois fico sem moral para ensinar Joe como tratar uma mulher."

Ela sorriu franzindo um pouco a testa. "Estou sentindo uma segunda intenção nisso?"

"Quem sabe?" ele disse com uma piscadinha.

No caminho para o estacionamento, Isadora disse:

"Espero que minha tia fale por que anda desanimada com a reforma."

Diogo não respondeu, só apertou o ombro dela de leve tentando animá-la. Despediram-se e Isadora entrou apressada no carro.

Capítulo 11

"Não estou desanimada, não! É que apenas tenho outras coisas na cabeça," disse Áurea sentada na poltrona creme da sala de estar, bebericando chá em uma de suas finas xícaras.

Isadora, de cabelo ainda molhado escorrendo pela camiseta depois do rápido banho em casa, olhou para a tia tentando decifrar suas palavras. "Que coisas? Dúvidas?"

"Não. Amanhã você vai saber quando for à igreja comigo," Áurea disse e colocou a xícara na mesinha de centro. Levantou-se da cadeira e andou imponente pelo tapete creme felpudo. "A vida é magnífica, minha querida sobrinha. Prepara cada surpresa maravilhosa," disse terminando a frase com o gesto apoteótico de mãos e braços. "Uma hora a gente acha que o destino está selado, outras vezes tudo muda de curso. A Bíblia não fala que a gente faz planos, mas a resposta vem de Deus?"

Isadora ficou olhando para a tia que andava em círculos no tapete parecendo estar flutuando em nuvens de algodão. Ela não gostava nem um pouco de mudança de planos; mesmo em sua aparente desorganização, Isadora esforçava-se para colocar seus planos em prática. Nem sempre conseguia; talvez fosse mais no sentido de que, quando tinha uma ideia fixa, precisava executá-la.

"Como assim quando eu for à igreja com a senhora? Não frequentamos a mesma igreja, lembra?"

"Não estou senil, minha sobrinha! Claro que sei disso. Você já me disse que gosta de igreja mais informal. Não é essa a questão. Estou convidando você para ir à igreja comigo para entender o motivo da minha distração."

"Que mistério!"

Áurea deu uma risada jogando a cabeça para trás e levantando os braços. "O que é a vida sem mistério! Você precisa se soltar. É tensa demais! Quer ter o controle de tudo. A vida vai lhe pregar uma peça uma hora dessas."

Isadora apoiou os cotovelos nos joelhos e ficou olhando para aquela mulher que, quanto mais envelhecia, mais excêntrica ficava. Ou talvez Isadora estivesse ficando séria demais.

"Está certo, tia. Vou com a senhora e desvendo esse mistério!"

******

Os primeiros raios de sol acordaram Isadora que, apesar do sono, levantou-se e escancarou a pesada cortina do seu quarto. Ela sempre deixava uma frestinha para que o sol a despertasse. Gostava desse ritual de *bom dia* da natureza. Olhou para o lago ao longe sentindo-se feliz por ter conseguido um apartamento naquele lugar. Vários barcos já pontilhavam o horizonte.

Ela tomou café na pequena varanda da sala e leu algumas notícias no telefone. Checou as mensagens e leu uma de sua irmã dizendo que já estava se preparando para a chegada dela na Itália. Isadora não respondeu; só mandou uma foto da vista de sua varanda.

Pensou no que a tia tinha dito no dia anterior sobre ela ser tensa e que a vida pregava peças. Não concordava; não era tensa. Só tinha planos e queria seguir o que tinha determinado, como era a viagem para a Europa. Os obstáculos que surgissem no caminho poderiam ser transpostos se fosse persistente. E ela estava determinada a terminar a reforma da tia, dar partida no negócio do Bed & Breakfast e estaria livre para correr atrás do seu sonho. Sem dramas ou complicações.

Cheia de energia e determinação, Isadora terminou o café, limpou a cozinha e foi arrumar-se. Qual seria a surpresa de tia Áurea? Saberia afinal porque ela andava tão distraída. Isadora escovou bem o cabelo e abriu seu armário para escolher uma roupa que expressasse um pouco do seu bom ânimo com o dia ensolarado. Achou um vestido de primavera, branco com estampa de flores coloridas e uma faixa branca na cintura.

Não se preocupava muito com a aparência, mas estava se sentindo bonita naquela manhã. O bronzeado que pegou no dia anterior pedia roupas coloridas. Ela achou uma faixa amarela e colocou no cabelo. Fez uma leve maquiagem e calçou uma sandália alta. *Viu, tia! Não sou tão séria*, ela pensou enquanto se olhava no espelho e dava uma última escovada no cabelo que brilhava.

******

A igreja de Áurea, no centro de Kelowna, era uma das maiores da cidade. Tinha passado por reformas, mas mantinha o estilo dos anos 70. Isadora entrou por uma porta lateral que dava para uma antessala e procurou a tia entre os frequentadores que tomavam um cafezinho antes do início do culto. Ela esticou o pescoço e foi andando entre as pessoas, recebendo um cumprimento ou outro com um sorriso estático.

"Que surpresa é essa?"

Ela se virou para o dono daquela voz que reconheceu imediatamente.

"Diogo? O que está fazendo aqui?" ela fez a pergunta e riu dela mesma. "Imagino que essa seja sua igreja então essa pergunta se aplicaria a mim, não é?"

Ele fez que sim com a cabeça e esperou.

"Tia Áurea me disse que tem uma surpresa, que vou saber o motivo de ela andar distraída," Isadora disse sussurrando como se fosse um segredo dos dois.

Isadora sentiu o rosto queimar quando ele a olhou de cima a baixo, um hábito dele que a deixava irritada, ainda mais quando ele sorria daquela forma que fazia o coração dela palpitar.

"Ali vem sua surpresa," Diogo disse fazendo um movimento com a cabeça na direção da porta de entrada principal.

"Isadora!" chamou tia Áurea, de braços dados com um senhor alto de terno.

Isadora olhou para Diogo e vendo seu riso, perguntou:

"Você sabia?"

Ele balançou a cabeça e ela deu-lhe um tapinha no braço. Ela correu para cumprimentar a tia.

"Isadora, este aqui é o Otávio. Surpresa!"

Isadora foi realmente pega de surpresa pela imponência de Otávio – alto, grisalho, com traços clássicos e de grande polidez nos gestos. Ela notou que tia Áurea parecia, pelo menos, dez anos mais jovem dada sua alegria.

"Muito prazer, Isadora. Estava ansioso para conhecê-la. Sua tia tem grande apreço pela sobrinha preferida. Vejo que também conhece meu sobrinho."

Isadora inclinou a cabeça tentando entender o que ele falava – não que seu português fosse o problema. Quando olhou ao seu lado, viu Diogo com um meio sorriso.

Áurea deu uma de suas risadas de prima-dona e Isadora arregalou os olhos.

"Estou vendo que hoje é o dia das surpresas para mim – sou a última a saber das coisas?" Isadora perguntou com as duas mãos na cintura.

Diogo inclinou-se e falou baixinho no ouvido dela:

"Talvez você devesse prestar mais atenção ao seu redor."

Isadora cruzou os braços e levantou o queixo. "Não sei o que quer dizer com isso."

Ele deu de ombros e arrumou a gola da camisa branca. "Tenho a impressão de que, por causa de um plano para o futuro, você se esquece de viver o aqui e o agora."

Isadora sentiu o rosto ficar quente. Não se lembrava de ter dado essa intimidade a Diogo para fazer uma avaliação da forma como ela encarava a vida. Se, em uma semana trabalhando juntos na reforma da casa, ele agia dessa forma, mais outras poucas semanas iria se sentir no direito de dar palpites sobre seus planos.

Ao ouvirem o louvor começar no salão principal da igreja, as pessoas jogaram fora seus copinhos descartáveis de café e foram se sentar. Isadora e Diogo seguiram Áurea e Otávio, sentando-se todos no mesmo banco. Ela se surpreendeu quando viu Joe no segundo banco acenando para eles.

"Parte do treinamento," Diogo sussurrou para ela que acenou de volta para Joe.

No final do culto, Áurea e Otávio convidaram Isadora, Diogo e Joe para almoçarem juntos em um vinhedo. Isadora recusou o convite alegando que precisava escrever uns artigos para o blogue. Diogo olhou para ela desconfiado, mas não comentou nada. Ele e Joe aceitaram o convite de Áurea e Otávio.

"Se mudar de ideia, Isadora, estaremos no primeiro vinhedo depois da ponte," Otávio disse.

"Obrigada, mas preciso mesmo adiantar meu trabalho."

Todos se despediram e Isadora foi para seu carro aliviada por ter tomado uma decisão acertada – quanto menos contato com Diogo, melhor. Ela foi para casa pensando como o novo romance da tia Áurea afetaria o projeto do B&B. Tinha a impressão de que todo aquele trabalho seria em vão.

Preocupada e desanimada, mandou uma mensagem para o tio Paulo perguntando como ficariam as coisas dali para frente. Ele respondeu dizendo que já sabia de Otávio, mas que prosseguiriam com o plano.

Áurea indicou que quer mesmo reformar a casa. Ela insiste em transformá-la no B&B então acho que, apesar da distração, ainda está interessada no negócio, ele respondeu.

O tio já tinha depositado em sua conta o valor da primeira semana de trabalho e Isadora ficou surpresa com a quantia. Não que fosse muito dinheiro, mas não esperava aquilo – parte do seu aluguel já estava garantida.

Capítulo 12

Na segunda-feira, Isadora acordou antes do sol lhe dar bom dia. Sentia-se cansada e ainda bastante dolorida. Decidiu fazer uma caminhada mesmo assim antes de ir para a casa da tia. Seus músculos pareciam travados e sua cabeça, um pouco confusa. Ela não contava que iria se apegar à ideia do projeto do B&B justamente quando estava praticamente de malas prontas para viajar.

Depois de uma caminhada de 40 minutos, Isadora tomou banho e colocou a roupa do batente. Pegaria um café em algum lugar no caminho para a casa da tia.

Quando chegou, Joe já estava trabalhando no jardim cortando grama. Vários sacos de terra e algumas ferramentas estavam espalhados pela calçada. Isadora acenou para ele e estacionou o carro na rua lateral.

Diogo estava terminando a pintura do segundo quarto quando ela entrou. Ela se espantou quando ele disse que Áurea já tinha saído de casa. Os dois trabalharam juntos na pintura e, de vez em quando, Isadora parava e bebericava seu café. Diogo cantarolava enquanto subia e descia o rolo pela parede deixando para trás a cor velha e suja. O ritmo do subir e descer dos rolos seguia o da música de Diogo. Isadora começava a gostar do cheiro da tinta por significar um frescor nos quartos que lhe trazia memórias da infância. Quando a parede estava quase toda coberta com a nova cor, Isadora sentou-se no chão com um pincel e começou a retocar as beiradas e os cantos enquanto Diogo subiu na escadinha e ocupou-se dos retoques no alto. Ao terminarem, eles se colocaram no meio do quarto para ver se havia alguma imperfeição. Satisfeitos, eles se olharam e bateram uma mão na do outro para se cumprimentar pelo trabalho bem feito.

Isadora e Diogo foram ao jardim ver o trabalho de Joe enquanto esperavam a primeira mão de tinta secar. Aproveitaram para arrancar mato e podar uma roseira seca ao lado da escadaria da entrada.

Quando Diogo disse que já podiam voltar para terminar a pintura, Isadora o seguiu prontamente para fugir do sol forte. No quarto, pegaram os rolos e recomeçaram a pintura. Diogo tinha colocado uma música no celular e, de vez em quando, ela ou ele cantava algum refrão da música sempre sincronizados no subir e descer dos rolos de tinta.

"Que bela coreografia!"

Uma voz aveludada fez com que Isadora se virasse abruptamente para a porta. Viu o olhar arregalado de Diogo e, controlando os movimentos, Isadora colocou seu rolo na bandeja de tinta e aproximou-se da dona da voz.

"Jessica. O que está fazendo aqui?" Isadora perguntou com uma nota de irritação na voz.

A mulher alta, loura e sem um fio de cabelo sequer fora do lugar entrou no quarto como se estivesse em uma passarela e aproximou-se de Diogo, falando com Isadora sem tirar os olhos do dele.

"Aqui não é a casa da tia Áurea? Vim fazer uma visita e ver como minha querida prima está se saindo de pedreira."

Para Isadora, o ar do ambiente tinha, de repente, ficado pegajoso. "E você veio aqui para que exatamente?"

Jessica finalmente olhou para Isadora com desdém, mas permaneceu ao lado de Diogo.

"Soube que a casa estava ficando linda," ela disse e olhou para Diogo de cima a baixo, "e que tinha um ajudante especial."

Isadora sentiu a tensão no ar e a expressão de Diogo confirmava que o clima não estava bom.

"Talvez você queira conversar com sua prima a sós," ele disse dirigindo-se a Isadora e saiu do quarto depois de colocar o rolo cuidadosamente na bandeja de tinta.

Jessica fez menção de ir atrás, mas Isadora a segurou pelo braço. Jessica puxou o braço e o espanou com a outra mão como se estivesse tirando poeira. Arrumou a camisa de seda vermelha dentro da saia justíssima branca.

"Não sei o que deu em você de vir bisbilhotar," Isadora falou entre os dentes.

"Não vim bisbilhotar. Vim ajudar."

"Ajudar em quê? Você não desce do seu salto para nada," Isadora retrucou com rispidez.

Virando-se para porta com olhar sugestivo, Jessica respondeu:

"Se vale a pena, eu desço do salto."

"Escuta, Jessica, a gente tem muito trabalho para fazer. Volte para Vancouver e sua vidinha de socialite."

"Pelo que vi aqui, acho que vou ficar uns dias para conferir se vale a pena descer do salto, mesmo que por um tempinho." Ela encarou Isadora e, antes de sair do quarto, completou: "Vou ficar hospedada naquele hotelzinho aqui perto e nos veremos mais vezes."

Ela saiu do quarto rindo. Isadora foi para a janela conferir se ela iria mesmo embora. Irritada, viu Jessica puxando papo com Joe quando saiu no jardim. Depois a prima entrou no SUV branco impecável e desceu a rua.

"Meu Deus! O que era aquilo?"

Isadora deu um pulo e virou-se para Diogo que passava a mão pelo cabelo respingado de tinta bege. "Usou a palavra certa – aquilo! Custo a acreditar que exista um ser humano tão sem vergonha como minha priminha."

"Espero que aquela tenha sido uma visita relâmpago."

Isadora apertou os lábios e colocou a mão na cintura. Inspirou e expirou várias vezes antes de falar:

"Ela disse que vai ficar uns dias aqui *para ver se vale a pena descer do salto.*" Ela repetiu essas últimas palavras da prima com uma voz arrastada e miada e um requebro dos quadris.

Diogo riu e pediu:

"Repete essa última parte que gostei do ronronado e do ..." ele imitou o requebrado dela.

Isadora deu um grunhido enraivecido. Ele a pegou pelos ombros e disse:

"Calma. Não deixe sua prima tirar sua alegria."

"Viu como ela falou de você? Não gostei. Estou acostumada quando ela me menospreza, mas não gostei nada do jeito que ela falou de você."

Diogo manteve as mãos nos ombros dela e a aproximou um pouco mais. "Não me importo com essas coisas. Mas de uma coisa valeu o insulto – vi que você se importa comigo um pouquinho."

Isadora sentiu seu olhar preso no dele como aconteceu no lago. Não conseguia mexer seus pés. As borboletas, em número maior dessa vez, subiam e desciam pela sua barriga. Ele levantou uma das mãos suave e vagarosamente. Puxou um respingo seco de tinta do cabelo de Isadora e recolocou a mão no seu ombro. Foi descendo a mão pelos braços da moça até chegar à mão dela. Segurou-a apertado e puxou-a para si, trazendo o corpo de Isadora junto. Ele abaixou a cabeça e sussurrou no seu ouvido enquanto ela fechava os olhos. "Isadora –"

Ela não entendeu porque ele parou e a afastou lentamente.

"Joe, o que foi?" Diogo disse em voz baixa e profunda.

Isadora virou-se para a porta e viu o rapaz de olhos baixos passando a mão pelo rabo de cavalo encaracolado.

"Foi mal. Não quis atrapalhar. Vim dizer que vou precisar voltar à loja de jardinagem para comprar um veneno para formiga. Têm dois formigueiros enormes perto das roseiras."

Diogo colocou a mão no bolso, tirou a chave da pick-up e a jogou para Joe que saiu apressado.

Isadora passou a mão pelos cabelos e refez o coque.

"Preciso fazer uma ligação," ela disse, saindo apressada para o banheiro da tia sem olhar para Diogo.

Sua pateta, parece uma adolescente, ela se repreendeu em voz baixa, sentada na beira da banheira. Coçou a cabeça várias vezes e continuou seu sermão: *Olhe para frente e não para o lado, está lembrada?* Ficou um tempo no banheiro e passou uma mensagem para Nina perguntando como estava seu sobrinho Enzo e dizendo que não via a hora de encontrá-los. *Isso sim é real*, Isadora pensou. Ela ficou um bom tempo no seu refúgio, sentada na banheira. Depois, lavou o rosto na pia e esperou mais um tempo.

Quando finalmente voltou ao quarto, ela viu o material de pintura em um canto, mas Diogo não estava. Deu uma olhada pela janela – ele estava podando os arbustos da parte dos fundos do jardim que dava para a rua sem saída. Em seguida, ela viu uma nuvem de poeira subir a estrada. Pensou por um minuto que poderia ser Jessica e sentiu seus músculos se contraírem para logo relaxarem quando viu Joe chegando na pick-up de Diogo. Ele parou o carro, desceu, trocou umas palavras com o primo e os dois tiraram alguns materiais da carroceria.

Isadora encostou-se na janela e esperou até que os dois terminassem o trabalho. O coração apertou quando Diogo entrou no carro e faz meia volta na rua sem saída, descendo a ladeira. Ela afastou-se da janela devagar e olhou a mancha de tinta na sua roupa. Deu de ombros, pegou o rolo e retocou a pintura da janela que ela tinha borrado ao se encostar.

Capítulo 13

Isadora chegou à casa da tia no dia seguinte a tempo de encontrá-la, toda arrumada, tomando café na cozinha. Áurea espantou-se quando a sobrinha abriu a porta com uma certa rispidez e sentou-se de frente a ela com o rosto franzido.

"Querida sobrinha, que cara é essa?"

"O que Jessica veio fazer aqui? A senhora convidou?"

Áurea puxou um pedacinho de pão que segurava com os dedos de unhas longas e vermelhas e levou-o à boca. Bebeu um gole de café e respondeu:

"Jessica não precisa de convite para ir onde quer. Você sabe como ela é. A família toda está envolvida na reforma de algum modo, pelo menos seus tios. Eu tenho mandado fotos do andamento do trabalho para eles e acho que, sem querer, Diogo saiu em uma das fotos. Sua prima deve ter visto a foto e me ligou querendo saber quem ele era; não vi problema em dizer que trabalhava aqui. Não achei que ela viria à caça aqui em Kelowna – prefere caçar em outros lugares, nas altas rodas onde frequenta."

Isadora levantou-se e encheu uma xícara de café para si. Encostou-se na pia e balançou a cabeça. "Não estou prevendo boa coisa com a visita dela. Ela nunca se interessou por nada dos parentes mais pobres, conforme ela mesma diz. Claro que não se interessa pela casa nem pelo nosso projeto, mas no que ela puder atrapalhar, ela vai. Ainda por cima, vai aproveitar para tirar uma casquinha do Diogo."

Áurea levantou-se e aproximou-se de Isadora. Pegou uma de suas mãos e a segurou com firmeza, os anéis brilhando. "Querida, sei como se sente. Dê uma chance para Jessica. Sei que é um pouco difícil perdoá-la pelo que fez com você, mas, pelo seu bem, deixe isso para lá. Há coisas na vida que não voltam e a gente precisa olhar para frente."

Isadora colocou a caneca vazia em cima da pia e soltou a mão da tia. Olhou para o chão e falou com a voz um pouco trêmula:

"Tia, sei que há males que vêm para bem. Comigo foi assim, apesar da dor que senti, mas não confio na Jessica e não gosto quando ela está por perto. Ela é oportunista e sempre teve prazer em me deixar na pior. Nunca entendi de onde vem essa raiva."

Isadora deixou algumas lágrimas escaparem quando sentiu a tia acariciando seu rosto. Olhou para aquela mulher que tinha sido tão presente na sua adolescência e deu um sorriso que contradizia a tristeza do seu olhar. "Tia, não quero que ela me machuque de novo; não quero que ela machuque o Diogo."

Nesse momento, Diogo entrou na cozinha a tempo de ouvir a última frase. Isadora percebeu que os olhos deles faziam muitas perguntas que ela não queria e nem sabia responder.

******

"O que você acha de colocarmos piso de madeira em vez de carpete?" Diogo perguntou para Áurea e Isadora que tinham ido para o segundo andar da casa a pedido dele. "Acho que valoriza mais e abre mais opção à decoração que Isadora vai fazer nos quartos."

Tia e sobrinha se entreolharam e Áurea respondeu:

"Se você acha que cabe no orçamento e no cronograma, concordo. Piso de madeira é bem mais sofisticado do que carpete." Ela olhou para o relógio de pulso de ouro e pedrarias e deu um gritinho. "Tenho que ir. Estou atrasada. Otávio está me esperando para passearmos de barco."

Ela deu as costas para a sobrinha e Diogo e apressou-se em descer as escadas.

"Acho que está decidido então," Diogo disse. "Você quer escolher o piso comigo ou vou sozinho?"

Isadora ainda se sentia um pouco constrangida com sua atitude imatura no dia anterior e pelo que ele tinha ouvido ela falar com a tia na cozinha minutos antes. Ao que indicava, Diogo não se sentia nem um pouco incomodado. *Tenho que deixar isso para lá; tenho outras coisas para pensar,* Isadora decidiu. "Eu vou com você. Joe vai ficar aqui?"

"Vai. Ele já está no jardim tentando acabar com as formigas. Ontem teve que tomar um antialérgico – as formigas deixaram claro para ele que aquele território é delas," ele disse.

Isadora sentiu-se mais relaxada. Diogo tinha um jeito de deixá-la à vontade, mesmo quando a situação era mais constrangedora.

Em duas horas, estavam de volta da loja com várias caixas de piso. Joe ajudou-os a descarregar e levar a carga para o segundo andar.

"Isadora, por que você e Joe não vão pintar o terceiro quarto enquanto eu arranco o carpete do quarto da sua tia e do corredor? Depois podemos começar a instalar o novo piso."

"Mais uma coisa que vou ter que aprender," ela disse limpando as mãos na calça jeans.

"Não é difícil," Joe disse. "Posso ensinar para você."

"Depois a gente vê isso," disse Diogo dando um peteleco na cabeça do primo.

Isadora riu e Joe fingiu uma cara de tristeza como um cachorrinho abandonado. Ela começava a gostar do rapaz e animava-se com o potencial que ele tinha como profissional e como pessoa. Admirava a paciência de Diogo que não perdia uma oportunidade de orientar o primo mais novo.

Ela e Joe foram para o último quarto de hóspede e trabalharam por uma hora seguida enchendo a bandeja de tinta, encharcando o rolo e tirando o excesso. A tinta cobria a parede, primeiro em V, depois sem deixar vestígios da antiga cor. O cheiro sintético misturava-se ao suor no quarto abafado, mas, para Isadora, aquilo era interpretado como trabalho duro e progresso. Outra coisa que Isadora sentia progredir era o relacionamento dela com Joe; o rapaz começava a enxergá-la como irmã ou prima e gostava da camaradagem que crescia entre eles. O trabalho ficava mais fácil dessa forma.

O barulho de marteladas no quarto ao lado foi se intensificando, assim como a curiosidade de Isadora. Joe fez um sinal para ela deixar o rolo de pintura e ir lá conferir o piso novo. Ela largou o rolo na bandeja, respingando um pouco de tinta no tênis e no chão, e foi ver o resultado. O corredor estava cheio de móveis e pedaços de carpete velho enrolado. Ela contornou os obstáculos para chegar ao quarto. Para sua surpresa, Diogo já tinha feito quase metade do piso novo de bambu que escolheram para o segundo andar da casa.

Isadora encostou-se na porta. Ele se levantou da incômoda posição de quatro, sacudiu uma perna e depois a outra, e perguntou:

"Que tal? Gostou?"

"Se eu tinha alguma dúvida antes, não tenho mais. Adorei!" Ela olhou para o novo piso aprovando com um sorriso.

"Depois que vocês terminarem a primeira mão de pintura do outro quarto, podem me ajudar. Você vai ver que não é complicado; esses pisos se encaixam como quebra-cabeça sem a desvantagem de as peças serem diferentes."

"Mais uma habilidade para minha lista; vou acabar aceitando sua proposta de trabalharmos juntos," ela riu.

"Quando quiser."

Isadora percebeu que ele queria falar mais alguma coisa, mas que parecia hesitar. Ele passou as mãos na calça jeans e finalmente disse:

"Hoje vou sair um pouco mais cedo daqui para visitar meus pais em Osoyoos. Meu pai não está passando muito bem."

Isadora balançou a cabeça afirmativamente. "Não se sinta preso ao trabalho aqui. Se seu pai precisa de você, vá."

Ele coçou a cabeça e colocou as mãos nos bolsos. "Queria saber se você quer ir comigo, Isadora."

Ela foi tomada de surpresa. Era certo que ela tinha pedido para visitar o pomar da família, mas aquele convite soou diferente de um simples passeio turístico. Por que ir com ele visitar o pai? Será que o pai estava tão mal que precisaria de ajuda extra? Ele parecia, de fato, preocupado ou incomodado com alguma coisa. Em um impulso ela respondeu:

"Posso ir sim. A que horas?"

"Logo depois do almoço se der para você."

"Aonde vocês vão?" perguntou Joe que estava bem atrás de Isadora.

Isadora olhou para Joe, mas Diogo respondeu:

"Osoyoos."

"O tio piorou?" Joe perguntou com semblante preocupado.

"Parece que sim."

"Podem ir que eu termino a pintura e o piso."

"Vamos só depois do almoço. Dá para a gente adiantar bastante o serviço até lá," Diogo afirmou e ajoelhou-se de novo para encaixar mais uma fileira do piso.

Joe voltou para o quarto e Isadora desceu para a cozinha. Antes de ir para a casa da tia, tinha passado no mercado e comprado ingredientes para uma salada de macarrão. Enquanto cozinhava a massa, picou a cebola, o tomate cereja, a azeitona e bateu uma mistura de maionese, mostarda Dijon e outros temperos que achou no armário da tia. Deu um suspiro quando abriu o pacote de peito de frango desfiado já cozido – nada melhor do que poder comprar pronto algo que roubaria pelo menos 40 minutos do seu dia.

Quando a massa de parafuso ficou pronta, esperou-a esfriar uns minutos e misturou os ingredientes. *Nada mal,* pensou quando comeu uma colherada do prato prático e gostoso.

Seu estômago já tinha avisado que era hora do almoço e, aparentemente, o mesmo aconteceu com Diogo e Joe que desceram juntos avisando que iam sair para comprar alguma coisa para comer quando Isadora mostrou o pirex com a salada.

"Vamos comer aqui hoje," ela anunciou.

Joe não perdeu tempo em lavar as mãos e se sentar. Pegou o pirex sem cerimônia e encheu o prato.

"Confesso que não queria comer sanduíche," Diogo falou passando a mão pela barriga.

Os três comeram e Joe avisou que iria arrumar a cozinha para Diogo e Isadora ganharem tempo; a viagem de uma hora e meia de Kelowna a Osoyoos não era grande coisa, mas considerando que já era uma da tarde, deveriam sair logo.

Capítulo 14

Isadora foi para casa se trocar, pois Diogo a pegaria em menos de uma hora. Ela ficou pronta antes que ele lhe mandasse uma mensagem dizendo que já estava esperando na rua.

Já na estrada, ela examinou o semblante preocupado dele com rabo de olho. A estrada ao longo do lago passava rapidamente e estreitou-se no meio do caminho, cortando uma paisagem mais seca.

Isadora olhou para a carroceria da pick-up e achou graça da língua enorme de Pogo balançando alucinadamente ao vento. Ela pegou a pilha de desenhos que estava no console entre os dois bancos e notou um novo. Segurando a folha, ela examinou a casa de traços retos no topo de uma colina. Apesar do desenho ter sido feito a lápis, como todos os outros, Isadora admirou o pôr-do-sol por trás das colinas nos fundos da casa.

"Uau! Essa casa existe ou é da sua imaginação?"

Isadora olhou para Diogo que mantinha os olhos fixos na estrada e notou seus ombros relaxando e seu semblante preocupado, suavizando.

"Existe," ele respondeu, mas não deu qualquer detalhe.

Isadora ficou imaginando o que aquela casa significaria para ele. Na certa, não podia ser a dos seus pais porque não havia pomares ao redor, só montanha. Ela examinou o desenho e viu um detalhe na janela – um sombreado como se dentro da casa a única iluminação fosse a da lareira acesa. Isadora teve uma sensação de aconchego e conforto que emanavam da casa. Ficou curiosa, mas deixou o desenho de lado e voltou os olhos para a estrada.

Conforme o relevo ficava menos montanhoso, a vegetação tornava-se mais rasteira. Os últimos quilômetros antes de Osoyoos eram de um oásis verdejante dos dois lados da rodovia – pomares de nectarina, pêssego e maçã eram guardados por cercas de arame e exibiam placas dos orgulhosos proprietários dos sítios: Fernandes, Tavares e outros nomes portugueses.

Isadora passou o resto da viagem absorta naquela paisagem que trazia tantas lembranças da sua infância enquanto Diogo permaneceu calado, apenas comentando uma curiosidade ou outra a respeito dos primeiros portugueses que chegaram à região depois da Segunda Grande Guerra.

Saindo da estrada principal, Diogo pegou uma estradinha de cascalho entre árvores que pareciam de nectarina. No fundo do terreno, uma casa de um pavimento no estilo dos anos 70 era cercada de árvores inusitadamente altas que a protegiam do sol que podia ser escaldante no verão.

Diogo estacionou debaixo de uma das árvores e Pogo esperou ansioso que seu dono abrisse a caçamba para ele sair. A primeira parada do cachorro foi em uma árvore para marcar terreno. Rodopiou em volta de Diogo e Isadora até a porta da casa.

"Diogo!"

Uma senhora grisalha um pouco acima do peso usando um vestido de algodão florido o abraçou e não parecia que iria soltar.

Diogo a beijou e lhe apresentou Isadora:

"Mãe, essa é a Isadora."

"Prazer – Maria. Meu filho me falou de você."

"O prazer é meu, Dona Maria," Isadora disse estendendo a mão para a mulher que preferiu lhe dar um breve abraço.

"Entrem, entrem," a senhora falou.

"Que casa mais agradável!" Isadora passou os olhos discretamente pela sala com grandes janelas e móveis antigos, mas muito bem conservados. O piso de taco brilhava e alguns tapetes artesanais portugueses cobriam parte do chão da sala.

"Era assim mesmo quando Diogo nasceu. Trocamos um móvel ou outro, mas a maioria é restaurada ou estofada para não parecer um museu," Maria explicou passando a mão pelo encosto de um dos sofás. "Venha ver seu pai, Diogo. Isadora, venha também."

Isadora olhou para Diogo balançando a cabeça levemente, mas ele segurou a mão dela fazendo pressão, puxando-a para si.

"Como ele está?" o filho perguntou.

"Melhor," disse a mãe. "Ele só é muito teimoso. Precisa descansar, mas foge de manhã para a horta e o pomar. Sempre dá um jeito de sair antes de eu acordar. O médico disse que ele precisa se recuperar totalmente da pneumonia antes de fazer trabalho pesado."

Os quartos que Isadora pôde ver do corredor eram mobiliados com móveis antigos, mas também em perfeito estado – uma autêntica casa de vó. O cheiro fresco de limpeza e a brisa que trazia a fragrância das árvores e frutas faziam com que Isadora enchesse os pulmões vagarosamente para depois expirar na mesma cadência.

Ela simpatizou com o homem alto de cabelo fino e grisalho assim que bateu os olhos nele. Diogo era a versão mais nova do pai e apenas a idade e o volume de cabelo diferenciavam os dois. O homem fez menção de se levantar da cama onde estava confortavelmente reclinado em travesseiros alvos e coberto com uma colcha rendada.

Diogo aproximou-se dele rapidamente segurando-o na cama e beijou-o no alto da cabeça.

"Não vai sair daí, não. Mamãe já dedurou você – fica fugindo para o pomar de manhã."

Dona Maria apresentou Isadora ao Senhor Marques que novamente fez menção de sair da cama. Isadora aproximou-se com a mão estendida para cumprimentá-lo, mas ele disse, com um farto sorriso, antes de segurar em sua mão:

"Aqui a gente beija; não aperta mão."

Isadora aproximou-se timidamente, mas Diogo deu uma piscada de encorajamento a ela. O Senhor Marques pegou nas duas mãos da moça e a puxou, dando-lhe um beijo na testa.

"Linda sua amiga, filho."

Isadora sentiu seu rosto esquentar quando Diogo olhou para ela balançando a cabeça com veemência concordando com o pai.

Pogo, que tinha ficado no quintal explorando e marcando terreno, entrou desajeitadamente no quarto e, abanando o rabo, foi lamber a mão do pai de Diogo.

"Meu amigo sempre vem me beijar também!"

Dona Maria saiu do quarto e voltou minutos depois chamando todos para irem para a cozinha tomar um cafezinho. Diogo ajudou seu pai a se levantar e foi abraçado a ele até a ampla e arejada cozinha que dava para os fundos da casa de onde se podia ver uma grande horta.

Isadora mal pôde acreditar no que viu na mesa: bolos, broas, pães, queijos e tudo aquilo da boa tradição culinária portuguesa para acompanhar o café. Os quatro sentaram-se ao redor da farta mesa e Dona Maria começou a servi-los sem perguntar o que queriam. Diogo e o pai logo começaram a comer quando a primeira fatia de bolo foi colocada nos pratos. Isadora olhou para seu pratinho cheio e ficou se perguntando como conseguiria comer aquilo tudo.

"Isadora, Diogo nos falou sobre a reforma da casa da sua tia. Vai virar um Bed & Breakfast?"

"Esse é o plano. Minha tia ficou viúva há dois anos e meus tios acharam melhor ela ficar ocupada com alguma coisa. A ideia do B&B foi dela e meus tios concordaram em ajudar. Não sei o que a gente faria sem Diogo e Joe."

Conversaram sobre a reforma da casa e depois sobre o trabalho da família de Diogo com o pomar e a horta.

"Você sabe como é, Isadora," Sr. Marques falou. "Aqui na Colúmbia Britânica, mais que em qualquer outra província, as pessoas no geral dão muita importância à alimentação saudável. Nossos produtos vão para outras províncias também, mas o maior consumo é aqui."

Ele explicou que as frutas ficavam maduras do meio para o fim do verão e que os turistas adoravam visitar o sítio para colherem suas próprias frutas.

Isadora notou que, quando ela acabava de comer alguns dos quitutes, Dona Maria colocava mais alguma coisa no seu prato: uma fatia de broa, um pedaço de pão ou de queijo. Ela sentiu a cintura do short apertando sua barriga e teve que diminuir o ritmo da comilança.

Pogo entrou na cozinha pela porta dos fundos latindo como se estivesse avisando alguma coisa. Atrás dele, uma linda mulher loura e jovem entrou e correu direto para Diogo que se levantou com um sorriso e a abraçou, levantando-a no ar.

"Não sabia que vinha hoje! Por que não me avisou?" ela disse, pendurada no pescoço de Diogo.

Isadora, com um sorriso plastificado no rosto, sentiu o coração dar um pulo.

"Filha," disse Dona Maria para a moça e Isadora relaxou. "Essa é Isadora, amiga do Diogo. Daquela casa da reforma que lhe falei."

"Ah, essa é a famosa Isadora!" A moça disse olhando para Diogo que balançava a cabeça discretamente como se pedisse à irmã que se calasse. "Sou Manoela, irmãzinha querida deste aqui," ela virou-se para Isadora e apontou o dedo para Diogo.

"Prazer, Manoela!" Isadora estendeu a mão para a moça que se abaixou e lhe deu um abraço. Pelo visto, naquela casa, todos se abraçavam ou beijavam. "Vocês são tão diferentes!" Isadora tentou achar alguma semelhança entre o homem de cabelo negro alto e a mulher loura mignon.

"A gente diz que ele foi trocado na maternidade," Manoela disse. "Mas a verdade é que ele puxou o lado do meu pai e eu, da minha mãe."

Manoela sentou-se e logo entrou um menino de uns doze anos carregando um balde com morangos.

"Vó, peguei estes aqui." O rapazinho deixou o balde na pia e correu para abraçar o tio. "Tio, Pogo arrancou umas cenouras e comeu com terra e tudo."

Diogo deu uma risada e disse:

"Essa é uma tradição dele, Lucas."

Isadora sentiu-se em casa naquela cozinha aconchegante com aromas diferentes de ervas, bolos e café. A conversa era relaxada e a família fazia de tudo para incluí-la.

Lucas chamou a mãe, o tio e Isadora para irem até a horta quando a comilança diminuiu o ritmo. Lá fora, ele entregou um balde para cada um e deu instrução do que achava que a avó iria querer para o jantar.

"Ela sempre faz carne com cenoura e vagem. Olha como arranca a cenoura." Ele mostrou para Isadora que se sentiu grata por ter colocado tênis em vez de sandália, apesar de achar que não combinava muito com a batinha leve que estava usando.

Lucas e Isadora catavam as vagens escondidas entre as folhas da planta enquanto Diogo e Manoela arrancavam algumas cenouras de cores variadas: roxas, amarelas e laranjas. Os dois irmãos conversavam sobre o pai sem que isso atrapalhasse o ritmo de trabalho.

Pogo desistiu das cenouras e preferiu correr atrás dos passarinhos. O calor fazia o suor escorrer pelo pescoço de Isadora, que já tinha prendido o cabelo bem firme no alto da cabeça.

Quando os baldinhos ficaram cheios, os quatro foram até o tanque do lado de fora da casa e lavaram os legumes. Orgulhoso, Lucas colocou tudo numa cesta e entrou para a cozinha com sua mãe.

Isadora abriu a torneira do tanque que ficava na entrada da cozinha, lavou o rosto e jogou água no pescoço. Pegou o rolo de papel que Diogo estava segurando, rasgou várias folhas e começou a se secar.

"Chega para lá que é minha vez," disse Diogo empurrando Isadora com o quadril.

Ela franziu a testa. Ele deu uma risada, abriu a torneira e enfiou a cabeça debaixo do jato d'água. Isadora não se deu por vencida e colocou o dedo no jato espirrando água para todo lado. Diogo levantou a cabeça encharcada e balançou-a várias vezes enquanto segurava Isadora pelo ombro. Ela tentou fugir, mas ele continuou sacudindo a cabeça, molhando a roupa da moça.

"Isso não vale," Isadora disse enquanto se contorcia para fugir dele.

"Quem começou a brincadeira?" Ele riu e a soltou.

Isadora pegou o rolo de papel que tinha caído no chão, arrancou mais folhas e tentou se secar.

"Me dá um pedaço," ele pediu.

Ela jogou o papel usado em cima dele e correu para a cozinha com o rolo.

"Volta aqui!" Diogo disse correndo atrás dela.

Quando os dois entraram na cozinha correndo e molhados, Dona Maria disse com as mãos no rosto rechonchudo:

"A torneira do tanque quebrou?"

Manoela e Lucas riam dos dois que pareciam pintos molhados.

Diogo passou a mão no cabelo. "A torneira está funcionando bem; é a cabeça de alguém que está com o parafuso solto."

Isadora colocou as mãos no quadril fingindo indignação.

"Venha," disse Manoela puxando Isadora pela mão. "Tenho umas roupas aqui que pode usar."

"Vocês jovens não têm jeito," disse Dona Maria que voltou a cortar a carne na tábua.

******

De volta à cozinha, Isadora e Manoela picaram os legumes seguindo as instruções de Dona Maria. Isadora podia ouvir Lucas brincando com Pogo no quintal e deu uma espiada pela janela em frente à pia. O menino arrastava um galho no gramado e o cachorro corria atrás latindo.

Quando Diogo entrou na cozinha com cheiro de banho tomado, Isadora arrependeu-se de não ter aceitado a sugestão de Manoela de se lavar também. Estava suada mesmo depois da brincadeira no tanque. Decidiu que antes do jantar iria de fininho para o banheiro e se lavaria o melhor que pudesse. Detestava se sentir grudenta. Agora, cortando legumes e mexendo em panela, não tinha muito o que pudesse fazer.

Isadora ouviu a conversa de Diogo e o pai e sentiu saudade dos seus pais que não via havia um tempo. Talvez na semana seguinte conseguiria dar um pulo a Vancouver para vê-los.

Quando Dona Maria começou a colocar a mesa para o jantar, Isadora correu para o banheiro e lavou-se o melhor que pôde. Tinha que se lembrar de andar com uma muda extra de roupa na bolsa quando passasse o dia fora. O calor no vale era insuportável no verão e a temperatura daquele dia era só um prenúncio do que viria pela frente.

Isadora, Diogo e sua família jantaram relativamente cedo e a mãe pediu que o filho ficasse mais um pouco para ajudar o pai a se preparar para dormir. Manoela e Lucas se despediram e deixaram um convite para Isadora voltar ao sítio.

Isadora ajudou Dona Maria a arrumar a cozinha enquanto Diogo levou o pai para o quarto.

"O que você faz além do trabalho de reforma?" A senhora perguntou enquanto fazia um café no estilo antigo com coador de pano.

Isadora tinha se sentado à mesa e segurava um pano de prato branco com bordado em ponto de cruz. "Eu escrevo artigos de viagem."

"De quais lugares?"

"Escrevo muito sobre o Canadá, mas também de países europeus. Tenho uma irmã na Itália e a visito com frequência. Daí aproveito para ir a outros lugares para escrever."

Dona Maria sentou-se ao lado dela enquanto esperava passar o café. "Não é cansativo ficar viajando sempre?"

Isadora deu de ombros e respondeu:

"Um pouco, mas dependo disso para viver. Quer dizer, poderia fazer outra coisa, mas gosto muito do que faço."

A senhora se levantou, encheu duas xícaras e colocou uma na frente de Isadora. "Você não pensa em se casar e ter filhos?"

Isadora sentiu o pescoço queimar. Achou a pergunta muito indiscreta, mas considerou a idade da senhora. No Canadá, as pessoas eram muito sensíveis a questões de natureza pessoal, mas Dona Maria fez a pergunta sem o menor constrangimento ou julgamento.

"Um dia. No momento, tenho que avançar minha carreira. Trabalhar por conta própria exige muito da gente; não dá para desperdiçar tempo senão ficamos para trás."

Dona Maria sentou-se e bebeu um gole de café. "Um bom marido pode ajudar você a carregar o peso da responsabilidade."

Isadora descartou aquele comentário antiquado. Até o momento só tinha dependido do pai, mas, mesmo na faculdade, ela já trabalhava e pagava boa parte das suas contas. Não via um marido como uma muleta. Tinha que saber se virar sozinha. Não quis magoar a senhora então respondeu simplesmente:

"O trabalho a dois deve ser mesmo menos pesado."

"Muito menos pesado," Dona Maria corrigiu. "Eu e Marques estamos casados há mais de trinta anos e não vejo minha vida sem ele." Nesse ponto, a mulher emocionou-se um pouco, talvez por causa da preocupação com a saúde do marido. "Sempre esperei que meus filhos se casassem e permanecessem casados a vida toda. Mas, infelizmente, não aconteceu assim com –"

Ela foi interrompida por Diogo:

"Mãe, o pai está chamando. Disse que só você sabe arrumar os travesseiros dele."

Dona Maria levantou-se e pediu licença à Isadora que ficou imaginando se Diogo já tinha sido casado.

Capítulo 15

Exausta, Isadora sentou-se no sofá da sala iluminada por um único abajur de canto. Levantou os braços e bocejou, esticando as pernas coradas pelo sol. Relaxou o corpo e recostou a cabeça no encosto do sofá macio. Sentiu-se grata pela temperatura que tinha caído um pouco.

Pogo entrou abanando o rabo, quase derrubando um vaso de flores silvestres da mesinha de centro. O cachorro descansou a cabeça no sofá ao lado de Isadora e ela afagou suas orelhas.

Um nó estranho no seu estômago subiu para sua garganta. Queria saber mais sobre o que Dona Maria tinha falado sobre alguém não permanecer casado. Ela ponderou que Manoela, com um filho de 12 anos, devia ter um marido por perto. Linda e simpática daquele jeito não achava que um homem a abandonasse; só se fosse bobo. Isadora não sabia nada de Diogo. Imaginou que ele tinha uns 30 anos, então já poderia ter se casado e separado. Mas aquilo não era da conta dela.

"Cansada?" Diogo perguntou, chegando por trás dela.

Isadora virou a cabeça levemente e o acompanhou com os olhos enquanto ele se aproximava. Ele se sentou ao lado dela como se o único espaço disponível fosse aquele, exatamente como tinha feito quando se conheceram na casa de tia Áurea. Pogo levantou a cabeça do sofá, sacudiu o corpo e deitou-se com a cabeça embaixo da mesinha de centro.

"Só um pouco cansada. Como está seu pai?"

"Melhor. Depois da inalação, ele dormiu. Se não se importar, a gente fica mais um pouquinho e saímos assim que eu tiver certeza de que ele está bem. Mais uma hora, pode ser?"

"Tá bom. Não tenho hora marcada para nada."

Isadora ficou ao lado dele, imóvel. Pensou em mudar de lugar, mas não queria parecer uma adolescente acanhada. Sentiu o calor do corpo de Diogo e afastou-se um pouco. Ele olhou para ela e arqueou as sobrancelhas.

O som da leve tosse do Sr. Marques chegava até a sala e Isadora via, de rabo de olho, a expressão de preocupação de Diogo. Ele parecia bem apegado ao pai; apegado à família toda. Se tivesse sido casado, por que teria largado a esposa? Ou por que a esposa o teria deixado? No fundo, Isadora achava, pelo pouco que conhecia dele, que levava os relacionamentos a sério se é que o tratamento que dava à família servia de parâmetro. *Mas todos temos nossas falhas e nossos segredos,* ela pensou.

Isadora sentiu o cansaço tomar conta do seu corpo e, acompanhando com os olhos a dança da leve cortina branca ao sabor da brisa perfumada, ela deixou-se levar pelo sono que chegava. A tensão dos músculos desaparecia à medida que suas pálpebras ficavam mais pesadas. O calor do corpo de Diogo fazia seu torpor aumentar.

Diogo esticou os braços no encosto do sofá e Isadora apoiou a cabeça no seu ombro. Sentiu o braço dele pousando no seu ombro fazendo com que ela se aconchegasse mais ao seu lado. Com um leve suspiro, ela desceu a cabeça para o peito dele e ficou ouvindo o pulsar do seu coração. Isadora sentiu a maciez da camiseta azul, com leve cheiro da amaciante, no seu rosto, mas era a rigidez do peitoral daquele homem que a fez respirar mais profundamente.

Ela não se queixou quando Diogo puxou o elástico que prendia seu cabelo e, fechando os olhos, sentiu a cascata pesada caindo pelos seus ombros.

"Macio," ele sussurrou.

Ficaram nessa posição por um tempo que Isadora não soube se foi de um segundo ou uma eternidade, mas o fato era que naquela hora, entre o mundo consciente e o inconsciente, nada importava. Seu rosto subia e descia com a cadência da respiração de Diogo que parecia ficar mais acelerada. Talvez ela tivesse cochilado; não sabia. Sua mente estava em um nevoeiro e seu corpo, flutuava. As borboletas começaram a bater as asas vagarosamente em sua barriga e, quando ela sentiu uma mão forte subindo pelo seu pescoço, uma revoada delas espalhou-se por seu peito. Ele virou o rosto dela, com carinho, para que o encarasse. Ela forçou suas pálpebras a se abrirem, mas só conseguiu que chegassem à metade. Pelo pouco que via, os olhos dele pareciam em chamas.

Os únicos sons que ouvia era o ressonar de Pogo e o coro de animais noturnos no quintal. O resto todo se apagou, sumiu, calou-se. Diogo virou um pouco o corpo, o suficiente para segurar nos ombros dela e virá-la mais para si. Passou a mão pelo seu longo cabelo e o separou em duas grossas mechas, trazendo-as para frente, liberando-as como uma cascata de seda.

"Você é linda," ele disse com sua voz profunda e rouca.

Isadora ficou hipnotizada quando ele segurou seu rosto com as mãos ásperas e foi aproximando o rosto do seu. O hálito quente e úmido dele sussurrava a promessa de um beijo doce. Ela entreabriu os lábios sentindo grande dificuldade de controlar a respiração. Quando as bocas finalmente se encontraram, ela fechou os olhos e permitiu que o nevoeiro a envolvesse por completo.

Isadora sentiu aqueles lábios quentes sondando os seus com movimentos leves e breves. Em seguida, sentiu a pressão e a exploração aumentarem. As borboletas fugiram assustadas com as explosões dentro do seu corpo. Como se tivessem vida própria, seus braços enlaçaram o pescoço de Diogo. Ela não soube dizer se os murmúrios que ouvia vinham de dentro dela porque nunca tinha ouvido aqueles sons antes.

Não, aquele beijo não tinha nada a ver com ostra – ele era quente, firme, estimulante. A memória de outros beijos apagou-se. Seu coração batia tão forte e rápido que parecia que ia saltar pela boca quando Diogo viajou com seus lábios para trás da sua orelha que parecia em chamas.

"Isadora," ele sussurrou entre os beijos.

Ela enfiou os dedos no cabelo dele e o puxou mais para si.

Quando ele começou a se afastar, Isadora sentiu como se seu coração estivesse sendo arrancado do peito. Ela protestou com um murmúrio e seus braços apertaram o pescoço dele.

De algum lugar distante, ela ouviu um barulho. Sua mente inebriada não soube identificar o que era, mas registrou a preocupação de Diogo que a afastou de si gentilmente.

"Meu pai está tossindo muito. Preciso ver," ele disse com uma voz que parecia de alguém que tinha sido arrancado de um profundo sono. Ele se levantou do sofá deixando para Isadora o calor do seu corpo no estofado e o arrepio que subia e descia por todo seu corpo.

Tremendo como se uma corrente de ar frio tivesse passado pelos seus ossos, Isadora falou baixinho, repreendendo a si mesma:

Você está louca? Esqueceu-se de que não pode se envolver porque vai embora? Ainda por cima não sabe nada da vida pessoal dele.

Seus olhos começaram a arder e a garganta ressecar de frustração. Tinha sido pega de surpresa pela intensidade da atração que sentia por Diogo – não estava preparada para aquilo; nunca tinha sentido seu coração ficar descompassado daquele jeito, sua pele se arrepiar como se tivesse sido atingida por um raio.

Irritada, Isadora pegou o elástico de cabelo que ele tinha jogado na mesinha de centro e o prendeu novamente. Levantou-se e foi para a janela, com o olhar de Pogo a acompanhando. Tentou acalmar sua respiração e o palpitar do coração que parecia querer saltar do peito.

Ao sentir um beijo quente no pescoço, ela se virou, pronta para argumentar, protestar, mas não conseguiu quando mergulhou naqueles olhos intensos. Vendo Diogo ali na sua frente com olhos só para ela, Isadora quis enfiar seus dedos naquele cabelo negro e trazê-lo para perto de si.

"Ele está bem. Acho que podemos ir. Como a estrada deve estar vazia, acho que chegaremos em casa antes de uma da manhã," Diogo disse com a voz rouca.

Um forte arrepio subiu pelo pescoço de Isadora, passando por todo seu couro cabeludo. Levou um susto quando a sala se iluminou.

Era Dona Maria.

"Não posso deixar você ir embora sem me despedir, Isadora. Obrigada pela paciência." A mulher aproximou-se da moça e deu-lhe um abraço apertado. "Quero que volte outras vezes. Quantas vezes quiser."

Isadora respirou fundo tentando se recompor. "Adorei meu dia aqui com vocês. Espero que Seu Marques melhore. Diga que lhe deixei um abraço; ou melhor, um beijo na testa." Ela riu apesar do peso que sentia no peito.

Diogo despediu-se carinhosamente da mãe, chamou Pogo e saíram da casa.

"Se não se importar, Pogo vai aqui dentro da cabine com a gente. Ele deita no chão," ele disse e segurou no braço dela tentando puxá-la para perto.

Ele a olhou com surpresa quando ela puxou o braço com rispidez.

Entraram no carro e, quando pegaram a estrada principal, Isadora tomou coragem de falar:

"Diogo."

Ele desviou o olhar da estrada e mergulhou nos olhos de Isadora. Voltou a atenção à estrada e esperou que ela falasse.

"O que aconteceu agora há pouco –" ela não sabia como continuar. Tentou novamente: "O que aconteceu não foi certo."

Com os olhos na estrada escura, ele disse com a voz rouca:

"Pareceu-me bem certo. Pelo menos, foi a impressão que tive com sua reação."

Isadora sentiu a pele do rosto queimar. "Diogo, vou embora. Não é certo começar alguma coisa que não vai para frente."

Ele olhou de relance para ela. Na penumbra, ela pode ver, com a pouca iluminação da lua, as mãos de Diogo apertarem o volante.

"Isadora, a vida é imprevisível. Fazemos planos toda hora e muitos não se concretizam ou mudam de curso."

Ele falava isso com relação aos planos dela ou à sua própria vida pessoal?

"Você não entende que esse é meu trabalho. Dependo de autonomia para ir aonde preciso. Nem sempre tenho a opção de ficar no mesmo lugar. Mesmo que eu queira. Mesmo que exista um motivo bem maior para eu ficar."

Ele se virou rapidamente para ela e seus olhos pareciam chamas. "Esse motivo maior não serviria de motivação para você fazer planos diferentes?"

Ela olhou para a estrada negra cortada pelo brilho dos faróis do carro e respondeu baixinho:

"Não vou arriscar e colocar tudo a perder."

Diogo parou o carro bruscamente no acostamento fazendo com que Pogo levantasse as orelhas. Isadora olhou assustada para o painel do carro procurando alguma indicação de que houvesse algum problema. Diogo apertou o pisca-alerta com força e virou-se para ela.

"Do que está falando?"

Ela olhou para o chão do carro. "Ali, na sala, na casa dos seus pais. Sua impressão pode ter sido de que parecia certo; mas não é e não vai ser. Tenho meus planos e não quero me distrair deles."

"Isadora, você acha mesmo que podemos ignorar o que acabou de acontecer?" Diogo perguntou com a voz baixa e firme.

"Eu me deixei levar."

Diogo deu uma risada irônica. "Eu não levei você para lugar nenhum que não quisesse ir."

Isadora olhou para ele com olhos arregalados e sentiu as lágrimas os queimando. Diogo suavizou a voz e continuou:

"Desculpa. Não deveria ter falado assim. Mas não posso ter me enganado tanto com sua reação. Sei que tem alguma coisa entre nós."

Ela tentou segurar as lágrimas. "Não sei o que tem entre nós e não acho que seja a hora certa de descobrir. Você não entende que vou embora?" Ela tentou desviar o olhar, mas ele gentilmente virou o rosto dela para ele com uma das mãos.

"Sei dos seus planos de viajar e respeito isso. Não vou pedir que fique por minha causa. Você mal me conhece. Mas não pode me impedir de eu também fazer meus planos, mesmo sabendo que podem mudar de curso. Prefiro me arriscar." Com a voz mais calma, ele perguntou: "E o que você quer dizer com não querer arriscar?"

Ela passou a mão pelo pescoço. "Essas coisas de relacionamento são complicadas. Um dia a gente acha que se acertou com alguém, outra hora, sem mais nem menos, a pessoa some, desaparece sem dar notícias."

Toda a frustração de Diogo pareceu sair em um grande suspiro e transformar-se em carinho. Ele passou os dedos pelo rosto quente de Isadora. "Não sei qual a experiência que teve que a machucou e não precisa dizer. A última coisa no mundo que quero é magoar você. Se diz que não está preparada para outro relacionamento, entendo. Não gosto, mas entendo. Olhe para mim, Isadora." Ele pediu com grande delicadeza e ela não resistiu. "Vou respeitar sua decisão de não se envolver comigo. Só não me peça para matar dentro do meu peito o que estou começando a sentir por você. Acredito piamente em mudança de planos mesmo que só um milagre seja capaz de fazer essa transformação. E eu acredito em milagre."

Uma grossa lágrima Isadora não foi capaz de segurar e Diogo a recolheu com seu polegar. Recolocou as mãos no volante, desligou o pisca-alerta e arrancou o carro do acostamento.

Capítulo 16

A rotina tomou seu curso, assim como a reforma da casa da tia Áurea. Diogo e Isadora trabalhavam de forma alucinada, como se não quisessem permitir distrações emocionais. Joe ajudava um e outro, e Isadora sentia o olhar curioso dele quando ela e Diogo conversavam como meros colegas de trabalho.

Sentindo-se sufocada, Isadora procurava alguma coisa para fazer que não fosse no mesmo cômodo que Diogo. Enquanto ele ainda assentava o piso dos quartos, ela ia para outro pintar.

Estava concentrada no trabalho quando ouviu uma voz de mulher no quarto onde Diogo trabalhava. Seu sangue começou a ferver e ela deixou o rolo de pintura na bandeja de forma brusca espirrando tinta na barra da calça jeans.

Isadora entrou no quarto onde Diogo estava e disse com voz áspera:

"Jessica, não seja inconveniente. Não vê que estamos ocupados?"

Jessica olhou para a prima com raiva e agarrou-se ao braço de Diogo que tinha se levantado quando ela entrou. Isadora irritou-se ainda mais quando reparou que a prima vestia jeans, camiseta e tênis, o que ela nunca usava.

"Vim ajudar," ela disse sussurrando para Diogo.

Ele tentou se afastar dela, mas ela permanecia agarrada ao seu braço.

"Olha quem está aqui!" disse Joe que acabara de entrar. Isadora não pôde deixar de notar o olhar de desdém da prima quando viu o rapaz.

"Jessica, é melhor você ir embora. Não precisamos de ajuda," Isadora disse e a puxou pelo braço.

As duas mulheres se olharam e Isadora teve um desejo ardente de derramar uma lata de tinta na cabeça da prima.

"Se quer mesmo ajudar, vem comigo," Joe disse e Jessica o olhou de cima a baixo.

"Acho que vou ficar por aqui e ajudar Diogo," ela respondeu.

"Certo. Quer me ajudar? Pois então vou te dar uma tarefa," Diogo disse de forma enfática.

Isadora arregalou os olhos e Joe deu uma risada. Ela saiu do quarto batendo os pés e o rapaz veio logo atrás.

"Isadora," ele disse puxando-a pelo braço.

Ela se virou para ele com os olhos cheio de raiva. "O que foi?" Sua voz não podia ser mais ríspida.

"Meu primo pode ser paciente, mas não é bobo. Deve estar armando alguma para sua priminha socialite."

Isadora sentiu os ombros relaxarem. Joe continuou:

"Vamos ficar aqui no quarto do lado e esperar."

Isadora retomou a pintura e Joe pegou outro rolo para ajudá-la. Ela manteve os ouvidos atentos ao quarto do lado. Ouviu a voz melosa de Jessica e seu sangue borbulhou. Esperou enquanto pintava a parede. Uma meia hora depois, Isadora ouviu a voz alterada da prima pelo corredor. Ela e Joe correram para ver o que era. Jessica descia a escada reclamando de alguma coisa.

Isadora olhou na outra direção e viu Diogo encostado na porta do quarto de braços cruzados e com um meio sorriso.

"O que aconteceu?" Joe aproximou-se do primo, curioso.

Isadora esperou, também curiosa.

"Ela disse que queria ajudar então dei trabalho para ela; muito trabalho. Só pedi que me ajudasse a encaixar as peças do piso. Acho que ela não queria quebrar as unhas e encaixou tudo errado. Aí eu arranquei o que ela tinha feito e pedi que fizesse de novo. Ela não esperava que eu lhe desse trabalho de verdade."

Isadora não pôde deixar de rir. Podia imaginar a frustração da prima.

"Não acho que volte para ajudar," Diogo disse. "Vou ter que refazer a parte dela, mas acho que garanti nosso sossego."

"Não se fazem mais ajudantes como antigamente," Joe disse e desapareceu escada abaixo rindo alto.

Isadora e Diogo deram-se as costas e voltaram para seus respectivos quartos para continuar o serviço.

******

Dois dias se passaram no mesmo ritmo. Tia Áurea saía todos os dias cedo de casa alegando que não aguentava a poeira e o barulho, mas pelas roupas que usava, Isadora tinha certeza de que passaria o dia com Otávio.

No final da semana, exausta e suada, Isadora fez planos de passar o fim de semana com os pais em Vancouver. Depois do almoço na sexta-feira, ela teve a impressão de que o tempo se arrastava. Não via a hora de correr para casa, tomar um banho e se jogar na cama para acordar bem cedo e pegar a estrada. Precisava ficar longe de Diogo. A simples presença dele deixava sua cabeça atordoada. Ela tinha ligado no dia anterior para a irmã para fazer planos. Isadora queria sentir a realidade dessa viagem à Itália e tagarelou por uma hora com Nina explicando suas ideias. Esse era o foco – seu trabalho, seu blogue, suas fotos.

Não podia negar a atração que tinha por Diogo. Não podia negar que seu coração disparava quando o via, quando ouvia sua voz intensa. Mas não tinha tempo para isso, ainda mais quando sabia onde isso poderia acabar. E não estava preparada para outra dessas; ainda mais com Jessica por perto.

Estava tão absorta nos pensamentos e na pintura que fazia dos rodapés da cozinha que mal ouviu a porta abrir e os saltos altos baterem no piso. Isadora olhou para cima e sentiu um fogo subir por seu estômago. "Jessica, achei que tinha sumido da face da terra."

Isadora, sentada no chão, olhou para aquelas longas pernas e para o vestido curto e justo, e considerou espirar tinta com o pincel naquela figura odiosa. Ela se considerava uma pessoa relativamente calma e controlada, mas Jessica tinha esse poder de trazer à tona todo tipo de sentimento ruim ao coração da prima.

Jessica riu e disse:

"Ainda tenho muito o que fazer por aqui."

Isadora levantou-se com o pincel carregado de tinta na mão e começou a levantá-lo. Sentiu uma mão forte agarrando seu pulso. Virou-se e viu Joe balançando a cabeça discretamente.

"Achei que tinha desistido de ajudar," Isadora disse.

"Não vim ajudar. Vim supervisionar," Jessica respondeu e cerrou os lábios.

"Não precisamos de supervisão."

"Joe," Jessica disse ignorando a prima, "onde está seu primo?"

Sem esperar resposta e, seguindo o barulho das marteladas, Jessica desapareceu escada acima.

"Não se preocupe, Isadora," Joe disse soltando o braço da moça. "Pelo estado do meu primo, acho que ele mesmo vai tratar de despejar um balde de tinta na sua prima."

Isadora olhou para ele com olhos arregalados. "Que estado? Seu tio piorou?"

Joe riu de forma espalhafatosa:

"Não, meu tio está bem. Você não está percebendo? Diogo está caidinho por você. Acho que nem ele esperava essa flechada do cupido!" Ele riu mais alto. "Até evito passar perto dele – é uma irritação só."

Isadora arregalou os olhos, sentou-se no chão e recomeçou a pintura. "Não exagera."

"Não estou exagerando. Nunca vi o cara assim. O que você fez com ele?"

"Nada," ela sussurrou e continuou a pintura.

"Vou lá em cima bisbilhotar sua prima e volto com um relato detalhado," Joe disse, riu e saiu da cozinha deixando Isadora com as mãos tremendo.

Ela borrou a pintura e teve que retocá-la várias vezes. Começou a se sentir nauseada com o cheiro químico e decidiu parar. Não iria conseguir fazer mais nada naquele dia. Fechou a lata de tinta, lavou o pincel em um balde do lado de fora da cozinha e resolveu ir para casa. Antes, subiu ao segundo andar da casa para avisar Diogo e Joe que iria embora. Ouviu o ronronado da prima e a voz baixa de Diogo, mas não distinguiu as palavras.

Entrou no quarto e viu Jessica enroscada no pescoço daquele homem alto e sério. Sentiu como se seu coração fosse parar. Mergulhou naqueles olhos intensos e chegou a, por um instante, esquecer que a prima estava ali.

"Diogo, eu preciso ir. Nos vemos na segunda-feira." Ela deu as costas depois de vê-lo tentando se desvencilhar dos tentáculos da prima.

Sob os protestos de Jessica, Diogo correu atrás de Isadora no corredor. Pegou-a pelo braço que ela imediatamente puxou num tranco.

"Isadora, não saia assim."

"Vou deixar os dois pombinhos em paz."

Como ela tinha parado e se virado para ele, Diogo aproveitou e segurou de novo no seu braço. Dessa vez ela não o tirou.

"Não tem nada disso de pombinhos. Você sabe disso muito bem. Essa distância entre a gente está me matando. Preferiria que você me xingasse, gritasse comigo, mas não me tratasse como se eu fosse um colega de trabalho."

Ela olhou para ele e seu coração deu um salto. Quis abraçá-lo, dizer e ouvir que tudo ficaria bem, mas com Jessica ali, Isadora tinha certeza de que nada ficaria bem. Nada.

"Diogo, vou para Vancouver amanhã visitar meus pais. Preciso de um tempo. Preciso descansar. Na segunda-feira a gente conversa."

Ficaram parados ali no corredor, sem trocar mais palavras. Jessica reapareceu e Isadora virou-se e desceu a escada.

Capítulo 17

Sempre que voltava de Vancouver, Isadora confirmava que sua decisão de morar em Kelowna tinha sido acertada. Amava a grande cidade na costa do Pacífico entre o mar selvagem e as montanhas, mas não se acostumava mais com a chuva constante e a agitação. O ideal era mesmo só passar um ou outro fim de semana visitando seus pais. Apesar do peso no coração, Isadora aproveitou bem o passeio e a companhia dos parentes. Seus pais fizeram um jantar para ela e seus tios e primos que moravam na região. Aproveitaram para discutir alguns acertos sobre a reforma da casa de tia Áurea.

Mas, naquele momento, sabendo que teria que enfrentar Diogo no dia seguinte, Isadora sentiu a tensão aumentar. Não quis conversar com sua mãe sobre isso, mesmo com a insistência dela em saber o que estava preocupando a filha.

De volta a Kelowna, Isadora sentou-se na pequena varanda do seu apartamento com um copo enorme de água com gás e rodelas de limão. A lua deixava seu reflexo prateado no imenso lago que sempre servia de inspiração para ela quando as palavras lhe fugiam no meio de um artigo para o blogue.

Sim.

Amava aquele lugar, mas seu coração era itinerante e deseja explorar outros cantos, outros mundos. Cogitou que um dia se cansaria da vida meio nômade, mas no momento era necessário sair dali.

Diogo.

Ele confundia sua cabeça, embaralhava sua mente. A lembrança do que tinha acontecido com Peter servia de freio para ela, ainda mais quando Jessica entrava em cena. Não queria passar por aquilo de novo e tinha certeza de que a dor seria infinitamente maior com Diogo. Ele, sim, estava invadindo seu coração com uma força que ela desconhecia. Mais um motivo para ir embora.

O telefone tocou e ela decidiu não atender. Não tinha muitos amigos em Kelowna a não ser um grupo pequeno da igreja, mas, por causa do seu trabalho e da reforma, não os via com frequência. Talvez essa semana ela apareceria no grupo de estudo. Não deixava de fazer seu devocional diário, mas sabia que Deus esperava mais do que isso dela. Precisava colocar essa sua parte da vida em ordem também e parar de fugir das pessoas.

Olhou para o visor do telefone e decidiu retornar a ligação de um dos rapazes da igreja, o Jonathan. Conversaram por uns minutos e Isadora prometeu que iria ao estudo no meio da semana. Ela terminou sua água e preparou-se para dormir. Na cama, os pensamentos fugiam do seu controle. Todas as fibras do seu corpo jogaram na cara dela a sensação do beijo que ela e Diogo trocaram apaixonadamente na casa dos pais em Osoyoos. Ela se virou para o outro lado e lembrou-se das palavras dele de que acreditava em mudança de planos mesmo que por milagre. Não, ela não mudaria de planos. Não queria e não podia.

O sono tomou conta dela lhe trazendo sonhos confusos e agitados.

******

Isadora entrou na cozinha da tia Áurea e ouviu o barulho de marteladas. Tomou mais um grande gole de café do copo enorme descartável e respirou fundo. Levou um susto quando Joe entrou correndo e aproximou-se dela ofegante.

"Que isso? Cadê o incêndio?" ela perguntou.

"Vim passar para você o relatório de sexta-feira."

"Não quero saber," disse ela com o coração disparado.

"Quer sim. Como eu disse, sua priminha levou a pior. Diogo mandou ela ver se ele estava debaixo do pé de alface," ele disse com uma risada estridente. "Claro que ele não falou assim, mas, em outras palavras, foi o que ele quis dizer. Aquela mulher parece que tem tentáculos." Ele fez um gesto com as mãos como se fossem cobras.

"Ela não joga para perder. Pode ter certeza de que ela volta para mais um ataque."

"Com meu primo ela vai ter que se acostumar com a ideia de perder."

"Joe!" Diogo o chamou da porta com o rosto sério. "Já pode começar o piso do corredor. Depois vamos pintar o banheiro da Dona Áurea."

Joe deu uma piscadinha para Isadora e saiu.

"Sua viagem foi boa?" Diogo perguntou com o semblante sério.

"Foi sim. Chovendo, como sempre, mas foi bom rever meus pais e tios. O que vamos fazer hoje?" ela perguntou com um tom profissional.

Diogo limpou a mão na calça jeans, passou a mão pelo cabelo e aproximou-se.

"A ordem do dia é a seguinte," ele disse como se instruísse um pelotão, mas mudou de tom ao continuar: "Primeiro, vamos conversar e parar com essa história de colegas de trabalho. Acho que já chegamos a um acordo maduro de que não vou insistir com você. Segundo, preciso de sua ajuda para decidir uma coisa."

Curiosa, ela perguntou:

"Que tipo de decisão?"

"Depois que terminarmos aqui, preciso mostrar uma coisa para você fora da cidade. Não se assuste. Preciso da sua ajuda com um projeto que estou fazendo."

"Não pode me adiantar do que se trata?" Isadora cruzou os braços.

"Quero mostrar para você uma coisa que é muito importante para mim."

"Não gosto muito de mistério, mas está bem."

Diogo tinha aquele poder de fazer com que o tempo voasse ou se arrastasse. Isadora voltou ao trabalho e, cada vez que conferia as horas no relógio do telefone, parecia que os minutos andavam para trás e não para frente.

Capítulo 18

"É logo ali depois daquela curva." Ele apontou debruçando-se no volante do carro em baixa velocidade.

Já tinham saído bastante de Kelowna, em direção a Penticton que ficava no meio do caminho para Osoyoos. Uns 40 minutos depois que saíram da casa de tia Áurea, Diogo entrou em uma estrada de terra e subiu uma colina deixando uma nuvem de poeira atrás da pick-up. Pogo latia na carroceria ansioso para sair correndo.

No alto da colina, depois de uma curva entre as árvores, Isadora viu uma casa e a reconheceu de imediato – a casa do desenho com o brilho da lareira irradiando pela janela. O sol baixo do entardecer jogava diversos tons de laranja e rosa nas janelas da casa criando um efeito quase irreal, como se fosse uma pintura. Ela olhou para Diogo que não disse nada.

Desceram do carro e Pogo foi marcar seu terreno.

"Quero ajuda com algumas ideias para essa casa que estou reformando," Diogo disse tirando um molho de chaves do bolso.

"Os donos não estão?"

"O dono está aqui," ele respondeu e ela olhou ao redor, só entendendo o que ele dizia depois que ele destrancou a porta.

"É sua?" Isadora disse olhando para a ampla sala com janelões para o oeste que capturavam o pôr-do-sol e a explosão de cores. "Que linda vista!"

"Essa casa era dos meus avós. Ficou fechada muitos anos e finalmente tomei coragem e comprei dos meus pais e tios por um preço camarada. Ninguém se interessava por ela e ficou abandonada todos esses anos."

Isadora entrou e saiu dos amplos cômodos maravilhada com a vista de todas as janelas. Um dos banheiros já tinha sido reformado e a obra na cozinha estava em andamento. Diogo tinha derrubado a parede entre a sala de estar, de jantar e da cozinha fazendo um ambiente só.

"Preciso de umas ideias para acabar a cozinha e achei que você poderia me ajudar."

"E Joe?" Ela olhou para Diogo com uma sobrancelha arqueada.

"Ele é bom de serviço, mas seu gosto é meio duvidoso." Isadora riu e Diogo continuou: "E também ele acabou de acertar a reforma de um restaurante de uma vinícola."

"Sério? Que legal!"

"Seu primeiro voo solo," Diogo disse com uma pontada de orgulho na voz. "Ele ainda vem me ajudar para fazer o piso daqui, mas não vou poder contar com mais do que isso." Vendo a hesitação de Isadora, ele continuou: "Já encomendei os armários e eletrodomésticos novos. O que eu queria mesmo é da sua opinião sobre o tipo de piso, revestimento da parede e cores."

Isadora coçou a cabeça e olhou para as paredes e o piso nus. Virando-se para Diogo, ela disse:

"Nisso posso ajudar."

Voltando para a sala de estar, Isadora foi até a grande janela com vista para as colinas. O manto negro do céu começava a cobrir o alaranjado deixado pelo pôr-do-sol. Ela se virou e Diogo estava atrás dela de braços cruzados olhando para fora.

"Essa é a casa do desenho que vi no seu carro, não é?"

Ele fez que sim com a cabeça e olhou com intensidade para ela.

"Mas era como se já tivesse gente morando nela; o jeito que você desenhou a janela, achei que tinha luz e calor dentro da casa."

"Espero que logo seja assim; quero que as pessoas que são especiais para mim gostem de vir aqui."

"Sua família?"

"Também."

O olhar de Diogo emanava o mesmo calor que Isadora vira no desenho. Ela teve a certeza de que aquela casa significaria para ele mais do que um lugar para morar. Vendo a proximidade que tinha com os pais, com Manoela, Lucas e Joe, não tinha dúvida de que aquele seria mais um ponto de encontro para a família.

Como Diogo não tirava os olhos de Isadora, ela foi para a porta e disse:

"Está combinado então – ajudo você; mas agora preciso ir embora."

No carro, Isadora encostou a cabeça na janela e olhou para a casa iluminada apenas pelo luar. A ampla construção no topo da colina parecia brilhar sob a lua e o manto da noite pontilhados de estrelas. Depois olhou de relance para Diogo no volante e para Pogo que latia na carroceria. Pela primeira vez em muito tempo – ou talvez na vida – sentiu solidão. Uma solidão que não era de falta de amigos ou família, porque isso ela tinha – era mais uma solidão por não ter com quem compartilhar planos e sonhos. Na escuridão do carro, Isadora ficou olhando meio de lado para Diogo e sentiu como se seu coração faltasse um pedaço.

Capítulo 19

Na cama, Isadora revirou-se inúmeras vezes. Cada vez que virava, sua camisola enrolava no seu corpo e ela se sentava tentando se ajeitar. Afofou o travesseiro algumas vezes, mas ele parecia de pedra. Não tinha gostado nem um pouco do sentimento de solidão que teve ao sair da casa da colina na companhia de Diogo. Sentia-se traída por si mesma.

Calor – essa era a palavra que lhe vinha à mente quando pensava em Diogo. Não necessariamente um calor como o que sentiu quando se beijaram, mas era no sentido de afeição, como se tudo fosse mais acolhedor quando ele estava por perto. Isadora considerou que talvez sua cabeça estivesse um pouco confusa porque Diogo era de fato uma pessoa acolhedora – tratava todos à sua volta com respeito e consideração. O que Isadora não conseguia ignorar eram as peças que seu próprio corpo pregava quando Diogo se aproximava dela: o coração acelerado, o rosto quente, as pernas bambas. Isso já estava ficando inconveniente, causando-lhe uma certa distração dos seus alvos. Teria que ser mais cuidadosa; teria que manter a distância.

Com a cabeça no travesseiro e o luar entrando pela cortina semiaberta, Isadora fixou os olhos no teto e esperou o sono chegar. A imagem da casa da colina parecia projetada no teto – Isadora conseguia visualizar todos os detalhes. Mais uma vez recriminou-se por ter aceitado outro compromisso e um compromisso que envolvia certo risco pela proximidade com Diogo. Entre uma imagem e outra do que vira na casa naquele dia, o sono pesou sobre suas pálpebras e Isadora dormiu.

******

O sol bateu no rosto de Isadora e ela perguntou-se como ele já poderia ter nascido. Suas noites não lhe traziam mais descanso. Acordava precisando de um balde de café para se manter de pé. Checou suas mensagens no celular e uma onda de ansiedade tomou conta dela. Jessica tinha escrito.

Peter foi fácil. Diogo vai ser meu grande desafio.

Isadora segurou o telefone com força e o apontou na direção da parede. Sacudiu a cabeça e colocou o aparelho na mesinha de cabeceira, soltando-o como se ele estivesse pegando fogo. Trocou de roupa e saiu de casa. No caminho, comprou um copão de café e correu para a casa da tia. Queria falar com ela antes que saísse e que Diogo e Joe chegassem.

A tia já estava de pé tomando café na cozinha quando Isadora entrou. Levou um susto com o rosto preocupado da sobrinha. "Mas o que aconteceu, querida?"

Com lágrimas nos olhos, Isadora mostrou a mensagem de Jessica para a tia que balançou a cabeça com vigor.

"Vou precisar bater um papo com os pais dela. Sei que ela não dá a mínima atenção ao que eles dizem, mas precisam fazer alguma coisa. Talvez tirar uns três cartões de crédito da filha," Áurea disse com desdém.

"A senhora sabe que só vai piorar minha situação. Tia, por que esse ódio por mim?"

"Ciúme. Você sabe. Jessica sempre teve tudo o que quis, mas nunca pôde conquistar o que você conquistou. Ela é uma pessoa perturbada."

"Por que então não se interna? Eu não tenho que pagar pela doença dela," Isadora disse com as mãos para cima como se pedisse ajuda dos céus. "E essa cisma com Diogo?"

"Ciúme também. Você se lembra de algum homem que já se interessou por sua prima que não fosse pelo dinheiro? Nem pela beleza, porque a amargura dela sai pelos poros e ofusca o que tem de bonito por fora."

"Mas ela não podia arrumar outro homem para infernizar?"

"Ela sempre quer aquele que se interessa por você."

"Meu Deus, tia! Ela parece aquelas personagens psicopatas de filme."

Áurea levantou-se da cadeira e abraçou a sobrinha que segurava a cabeça abaixada com as mãos. "Querida, tenho orado muito por você. Vejo como você é trabalhadora, determinada e decidida." Áurea puxou Isadora para uma cadeira e ficou de pé à sua frente segurando-lhe o rosto, exalando seu perfume. "Desacelere um pouco. Olhe a sua volta. Você está vivendo no futuro, esquecendo-se de que o presente traz o que é real, mesmo no caos promovido por uma pessoa doente como Jessica. O que é doce e belo encobre o feio. Há coisas lindas que, se desperdiçadas, nunca mais voltarão."

Assim que a tia terminou seu discurso, Diogo entrou na cozinha. Ela soltou o rosto da sobrinha e deu uma piscadinha para ela. Voltou-se para Diogo e disse:

"Bom dia! Ajude minha sobrinha a desacelerar e viver o presente."

Ele olhou de Áurea para Isadora com as sobrancelhas arqueadas.

"Não ligue para o que minha tia está dizendo, Diogo. Ela está apaixonada demais para pensar com clareza."

A tia pegou a bolsa, abriu a porta e, antes de fechá-la atrás de si, disse com voz firme:

"Talvez você precise pensar com menos clareza também."

Isadora ficou sentada na cadeira com a boca aberta, com os olhos de Diogo examinando seu rosto que começava a pegar fogo.

Joe entrou na cozinha assim que a tia saiu e não disse nada quando viu Diogo e Isadora encarando-se como se estivessem prestes a discutir.

Diogo virou-se abruptamente para Joe. "O que foi?"

"É o formigueiro. O veneno não resolveu. Precisamos comprar outra coisa."

"Depois a gente vê isso. Pode recolocar o rodapé do corredor?"

O rapaz tomou o rumo da escada sem sequer responder. Isadora finalmente levantou-se da cadeira e disse que precisava começar a pintura do banheiro da tia. Diogo a seguiu com os olhos até que ela desapareceu pela escada.

Capítulo 20

Mais dois dias seguidos de constrangimento. Os sentimentos de Isadora pareciam um elástico que passava mais tempo tensionado do que relaxado. No dia anterior, tinha ido ao grupo de estudo e percebeu a falta que fazia se reunir com outras pessoas que podiam orar com ela e por ela. Ela tinha consciência de que fazia cabo de guerra com Deus querendo assumir o controle de tudo, inclusive do seu futuro sendo que mal dava conta do presente. Tinha curiosidade de saber mais da vida espiritual de Diogo, mas nunca perguntaria. Isso seria abrir espaço demais para conversas pessoais que ela não estava preparada para enfrentar. Enquanto isso, cuidaria do seu relacionamento com Deus que tinha sido deixado para segundo plano.

Chegando na casa da tia pela manhã, foi para o banheiro terminar a pintura. Quando acabou a primeira mão, foi para o primeiro quarto, já pintado e com o novo piso, e começou a colocar os poucos móveis no lugar. Lembrando-se das caixas com fotografias e recortes de jornal antigos, ela abriu o armário e pegou uma delas. Leu algumas notícias sobre a chegada dos portugueses no Vale do Okanagan e espalhou umas fotografias pela cama. Algumas delas tinham data no verso ou os nomes das pessoas que apareciam nas imagens. Isadora pegou seu celular do bolso e tirou algumas fotos das fotos e dos recortes. Depois iria analisá-los e, quem sabe, teria alguma ideia para escrever no blogue. Passou uma mensagem para a tia Áurea perguntando se podia levar uma das caixas para casa. A tia respondeu prontamente que sim.

Do quarto, ouviu as marteladas. Seu coração pulou. Guardou tudo na caixa e deixou-a em cima da cama para depois levá-la para casa.

"Oi Diogo," Isadora disse quando o encontrou no quarto da tia assentando o piso de bambu. Ele virou o rosto rapidamente para ela e deu-lhe bom dia.

Da janela, ela viu Joe com uma garrafa de plástico que parecia de algum produto químico. *O formigueiro*, pensou ela. Diogo voltou ao trabalho restringindo-se ao *bom dia*.

Isadora passou toda a manhã fazendo a pintura do banheiro enquanto Diogo colocava o piso do quarto. Ela queria trocar umas palavras com ele, mas seu constrangimento era grande. Ou seu medo era grande. Medo de se sentir vulnerável na frente dele. Ela deu um pulo quando ele entrou no banheiro e disse:

"Vou comprar alguma coisa para o almoço. O que quer que eu traga para você?"

"Pode ser uma salada *caesar* com peito de frango grelhado. Aqui o dinheiro," ela respondeu colocando a mão no bolso.

Ele fez um sinal com a mão de que não precisava e saiu. Voltou meia hora mais tarde e a chamou na cozinha. Sentados à mesa, só conversaram sobre a reforma.

"Joe continua sua batalha contra as formigas. Vamos ver se o veneno novo resolve," ele disse.

"Levei várias picadas ontem quando fui lá fora." Ela levantou a barra da calça mostrando vários calombos vermelhos na pele.

"Precisa de um antialérgico," ele sugeriu.

"Já tomei."

"Não coça?" ele perguntou e comeu uma garfada da salada.

"Um pouco," ela respondeu sem olhar para ele.

"É melhor se cuidar."

Ela levantou os olhos e respondeu:

"Eu me cuido."

Silêncio. Acabaram de comer e limparam a mesa, voltando cada um para seu trabalho.

No final do dia, Isadora pegou duas outras caixas do armário da tia e levou tudo para casa. Lá ela tomou um banho demorado e depois, de roupão e cabelo escorrendo, sentou-se na cama e espalhou várias fotos e recortes.

Viu foto do tio Miguel com sua tia Áurea. Isadora iria perguntar-lhe porque nunca tiveram filhos. O que se contava na família era que ela tinha algum problema de saúde, mas não sabia ao certo o que era. Sua cabeça de escritora começou a estruturar algumas possíveis ideias para usar aquela fonte histórica para escrever sobre o Vale do Okanagan.

Com o estômago roncando, Isadora desceu da cama, deixando tudo espalhado, e foi para a cozinha. O telefone vibrou no bolso do roupão. Ela leu a mensagem com um salto no coração.

Já jantou? Quer sair?

Diogo. Ela admirava sua persistência. Como sempre acontecia, sua mente foi tomada pelo nevoeiro que a impedia de pensar com clareza e respondeu:

Ia fazer uma coisa para eu comer aqui mesmo. Quer me acompanhar?

Ele respondeu com um emoji de carinha piscando.

Ela se deu conta de que estava de roupão e correu para o quarto, colocando uma calça de ginástica e uma camiseta. Deixou o cabelo molhado solto e correu para a porta quando ele tocou.

Capítulo 21

Isadora abriu a porta e Diogo ficou parado como se esperasse um convite especial para entrar. De frente para ele, Isadora ficou pensando que sempre se enganava com a altura daquele homem. Ele parecia muito mais alto do que o normal, talvez porque ela geralmente o via de joelhos ou agachado colocando piso. Sua pele azeitonada contrastava com a camiseta branquíssima. Ela afastou-se um pouco da porta e fez um sinal com a mão para ele entrar. Ele passou por Isadora deixando um leve cheiro de colônia.

Diogo foi direto para a varandinha da sala e comentou:

"Uma vista e tanto. Mas aqui em Kelowna, onde a vista não é impressionante?"

Ela seguiu-o até a varanda e parou ao seu lado. O sol ainda não tinha sido engolido pelo horizonte e deixava seu rastro alaranjado no céu. Nuvens pesadas aproximavam-se da cidade, prometendo lavar a poeira das ruas.

"Chuva de primavera. Sente o cheiro," ele disse e inspirou. Isadora fez o mesmo. Seus braços se encostaram e ela sentiu uma onda elétrica passando por debaixo de sua pele deixando um rastro quente.

"Eu ia começar a cozinhar agora," ela disse entrando para a sala conectada à cozinha. "Por que não se senta aqui no balcão. O que quer beber?"

Ele se sentou numa baqueta alta. "Quero água mesmo, com muito gelo."

Ela encheu um copo com metade de gelo e entregou-lhe uma garrafa de água mineral. "Você mora aqui há muito tempo?" Ele abriu a garrafinha e despejou o conteúdo no copo.

Ela tirou alguns potes e saquinhos da geladeira e os colocou na bancada de frente para ele. "Dois anos nesse apartamento, mas moro em Kelowna há quatro. Depois que me formei, vim direto para cá."

"O que atraiu você para cá. Sei da sua tia, mas foi mais do que isso, não é?"

Enquanto ela picava cebolinha, salsa e salsão, respondeu:

"Sempre passei férias de verão aqui com minha tia e íamos para Osoyoos também. Esse é o lugar onde mais me sinto em casa. Não sei, o lago interminável, o clima, os vinhedos, tudo me atrai."

Ela colocou uma massa para ferver e refogou o peito de frango. Quando terminou, limpou as mãos no pano de prato e virou-se para Diogo que a observava. "Depois quero mostrar para você algumas fotos que achei na tia Áurea. Quem sabe você reconhece alguém da sua família."

"Provavelmente. Tenho parentes por parte de pai e mãe que vieram para cá depois da guerra. Minha irmã gosta muito dessas coisas de história da família."

Enquanto Isadora esperava a massa ferver, ela encheu um copo de água com gás e encostou-se no balcão. "Sua irmã Manoela, ela é casada?"

Isadora lembrou-se do que Dona Maria tinha começado a dizer sobre alguém da família que não tinha permanecido casado. Seu coração começou a bater mais forte quando viu a expressão de Diogo mudar como se um véu de tristeza tivesse baixado sobre seus olhos.

"Era. Quando Lucas tinha seis anos, Mark saiu de casa," ele disse com um tom de voz sombrio.

Isadora colocou a mão no peito. "Que terrível. Se não quiser falar sobre isso, tudo bem."

"Não tem problema. Já que perguntou. Foi um dia muito triste para a família. Imagina a tristeza da minha irmã e o desespero de Lucas. Mark decidiu que a vida de casado não era para ele e era mais interessante pular de cama em cama. Primeiro com a vizinha, depois com a melhor amiga de Manoela."

Isadora deu um suspiro meio estrangulado e colocou a mão na boca sentindo as lágrimas queimando seus olhos. Virou-se e tratou de se ocupar com as panelas. Aproveitou o vapor da água fervendo no seu rosto e deixou escapar algumas lágrimas. Escorreu o macarrão e pegou um lenço de papel para enxugar o rosto. Esperava que Diogo não visse seu choro.

Ele desceu do banco e deu a volta no balcão. Sem que ela esperasse, ele a abraçou. "Alguma coisa que você queira me contar, Isadora?"

Ela enxugou os olhos e balançou a cabeça negativamente.

"Um dia se quiser me contar, sou todo ouvidos," ele disse e a soltou. "Quer que eu coloque a mesa?"

Isadora mostrou-lhe onde ficavam os pratos e talheres. Misturou o frango no macarrão num prato de servir. Tirou uma salada pronta da geladeira e a temperou. Ela precisava se manter ocupada para se recuperar do baque da notícia. Quando levou a comida para a pequena mesa redonda, Diogo comentou:

"O cheiro abriu meu apetite."

Ela sorriu para ele como se agradecesse por ter mudado de assunto. Comeram e trocaram informação sobre o que sabiam dos portugueses naquela região. Conversaram até que os relâmpagos anunciassem a chuva que começou em pancada logo em seguida. O cheiro da terra molhada invadiu a sala. Isadora sentiu seu corpo relaxar, primeiro os ombros, depois os braços e as pernas. Um pensamento atingiu sua mente como uma flecha: aquilo era o presente. Ali com Diogo, não conseguia pensar no futuro. Não queria pensar no futuro. Como disse tia Áurea, era só aproveitar o presente.

Depois do jantar, Diogo insistiu em lavar tudo o que não cabia na lava-louças. A sobremesa foi improvisada com um resto de sorvete de baunilha que tinha sido esquecido no fundo do freezer e morangos frescos. Sentados no sofá da sala, Isadora e Diogo conversaram com o barulho da chuva batendo no piso da varanda.

"Não vai me mostrar as fotos?" Diogo perguntou e raspou o resto do sorvete no potinho de vidro.

Isadora levantou-se e correu para o quarto catando tudo da cama para trazer para a sala. Diogo puxou a mesinha de vime para perto do sofá e tirou o arranjo de flores secas dando espaço para as caixas que Isadora tinha trazido.

"Quer mais sorvete?"

"Eu pego. Separa as fotos que você achou mais interessantes." Ele se levantou e, como se sentisse em casa, abriu o freezer e tirou o pote de sorvete. "Quer também? Dão mais duas bolas."

"Não. Aproveita e raspa tudo. Isso aí ocupa muito espaço no freezer."

Passaram um bom tempo olhando cada foto e as informações do verso.

"Olha isso aqui, Isadora. Acho que é meu tio Otávio."

Ela pegou a foto da mão dele e riu. "Olha aqui," ela apontou para outra pessoa na foto. "Essa é minha tia Áurea!"

"Está brincando!"

"Os dois já se conheciam! Será que eram namorados? Pela data, ela era bem novinha. Será que ainda era solteira?"

Sentados lado a lado, era inevitável o contato dos braços. Diogo aproximou mais sua cabeça da de Isadora para olhar a foto. *As borboletas,* ela pensou, *sempre voltam nas horas mais inconvenientes e em maior número.*

"Manda uma mensagem para ela e pergunta quando se casou," ele pediu curioso.

Isadora mandou a mensagem e logo recebeu a resposta. "Era solteira ainda aqui na foto. Agora precisamos descobrir se eram só amigos. Seu tio foi casado?"

"Foi. Mas minha tia morreu há muito tempo."

Isadora levantou-se com a foto e andou pela sala. "Acho que eram namorados. Por algum motivo, se separaram, casaram com outras pessoas e agora se reencontraram. Que romântico!"

Diogo, com os braços estendidos no encosto do sofá, deu uma risada jogando a cabeça para trás. "Esse é seu coração romântico traindo você!"

Ela olhou para ele com os olhos arregalados, percebendo que tinha dado motivo para ele entrar nesse assunto de relacionamento de novo. Ajoelhou-se ao lado da mesa e começou a mexer nas outras fotos tentando fugir do assunto. Diogo olhou para ela com um meio sorriso. Ela sentiu o rosto queimar.

"Deixe-me ver os recortes de jornal," ele pediu e ela relaxou.

Leram vários recortes de jornal e Diogo explicou como seus avós e pais começaram suas hortas e seus pomares. Isadora voltou a se sentar no sofá ao lado dele. "Estou pensando em escrever alguma coisa sobre os portugueses no Okanagan, mas ainda não me deu um clique de que ângulo explorar o assunto."

"Por que você não entra em contato com a Associação de Portugueses daqui? Talvez tenham alguma ideia."

Isadora virou a cabeça e olhou bem para aquele rosto forte e tão conhecido agora. "Excelente ideia. Amanhã mesmo ligo. Vou falar com Otávio; quem sabe ele tem alguma ideia boa também?"

Olhando um para o outro, ficaram subitamente em silêncio, ouvindo o tintilar da chuva. Isadora evitava esse tipo de situação com toda sua força porque sabia que não conseguia escapar de um momento como aquele. Alguma coisa no olhar de Diogo que a prendia como um pequeno inseto em uma teia de aranha. Levantar seria inútil com os joelhos como gelatina. Seu cabelo estava solto e ainda úmido, com uma fragrância de flores que emanava dele. Tinha certeza de que Diogo notara. Sempre notava qualquer coisa que se referisse ao seu cabelo. Com as mãos um pouco trêmulas, começou a fazer um coque, mas ele a impediu com sua mão forte. Isadora não teve alternativa a não ser soltá-los novamente.

Ele desviou o olhar para a varanda, mas ela permaneceu com os olhos fixos nele.

"Isadora, parou de chover. Quer dar uma caminhada no calçadão?"

Ela fez que sim com a cabeça sem nem pensar no que aquilo significava.

Capítulo 22

Estava se deixando acostumar muito com a rotina de trabalho e passeio com Diogo, Isadora ponderou enquanto descia do carro dele. Uma caminhada na orla do lago, depois de um jantar a dois, não podia ter um bom desfecho, na sua opinião. Como ele fazia isso com ela? Como ela se comportava como se não tivesse vontade própria? Ou sua vontade a estava traindo?

Ele trancou o carro e acompanhou-a até o calçadão. O cheiro de terra molhada, o ar fresco depois da pancada de primavera, o céu exibindo a lua e algumas estrela, o lago refletindo a luz da cidade – Isadora não desejou estar em qualquer outro lugar naquele momento. Era o presente.

Enquanto caminhavam, passaram por casais de mãos dadas ou abraçados. Isadora imaginou como seria ter um relacionamento profundo com alguém a ponto de querer passar o resto da vida com essa pessoa. Ela ainda não tinha experimentado isso; quando achou que aconteceria, Jessica entrou na jogada.

Isadora tentou tirar esse pensamento da cabeça. De repente, uma mão quente pegou a sua. Ela não resistiu – deixou o calor da mão de Diogo envolver a sua. Caminharam em silêncio, cada um absorto em seus próprios pensamentos.

"Seu pai está melhor?" Isadora perguntou, depois de um tempo, para quebrar o silêncio e interromper seus pensamentos inconvenientes.

Ele respondeu sem olhar para ela, mas ela sentiu uma pressão maior da mão dele.

"Está, sim. Falei com minha mãe hoje. O médico disse que, na semana que vem, ele já pode começar a trabalhar."

"Gostei muito de conhecer sua família."

Diogo olhou para ela. "E eles gostaram muito de você."

Ele não disse que gostaram de me conhecer, mas que gostaram de mim, ela pensou. Isso teria algum significado ou era tudo viagem da sua cabeça? *Acho que estou ficando perturbada da cabeça!*

A vibração do seu telefone no bolso do casaco fino a fez acordar. Diogo soltou sua mão e ela verificou sua mensagem, ainda caminhando.

"Meus pais estão querendo saber se vou para Vancouver no fim de semana," ela disse como se falasse consigo mesma.

"Eu tenho que ir a Nanaimo e posso deixar você na casa deles. Volto no domingo à tarde."

Os dois diminuíram o passo. Um jovem casal passou por eles abraçado rindo de uma forma especial que apenas dois que se amam riem. Isadora sentiu uma pontadinha de inveja e rapidamente desviou o olhar do casal. "O que vai fazer na Ilha?"

"Faz tempo que estou prometendo para meu pai buscar um motor para o tratorzinho dele que meu tio deu. Se a gente sair bem cedo, deixo você nos seus pais e pego o ferry de meio-dia para a Ilha de Vancouver."

Isadora não gostava muito de viajar sozinha, mas quatro horas até Vancouver não era grande problema. No entanto, não seria ruim uma companhia. Ou seria bom viajar na companhia de Diogo? Ela preferiu ignorar essa opção – só não queria viajar sozinha. Ponto. "Tá certo. Vou avisar meus pais."

Ela respondeu à mensagem e colocou o telefone no bolso. Não se deram as mãos novamente, mas Isadora sentia uma corrente elétrica cada vez que seu braço esbarrava no dele.

******

A sexta-feira chegou ao fim com o quarto da tia com piso e pintura novos. Ainda faltava o piso de mais um quarto e do restante do corredor. Isadora deixou a pintura da cozinha para terminar na semana seguinte e aproveitou para varrer toda a sujeira do segundo andar para dar à tia um certo conforto no fim de semana sem se preocupar com excesso de pó. Joe colocou todo o material de construção em um só quarto para facilitar o trânsito dentro da casa.

Logo começariam o trabalho no térreo. Depois da pintura da cozinha, pintariam os armários e trocariam a pia e toda a bancada ao redor. Diogo tinha contratado uma empresa para fazer a pintura externa da casa. Joe ainda não tinha conseguido dar fim aos formigueiros que tinham se tornado seu pior pesadelo.

Coberta de pó dos pés à cabeça, Isadora entrou em cada cômodo. Sentiu orgulho de si mesma de ter conseguido, com a ajuda e instrução de Diogo, fazer tanta coisa. Tinha certeza de que os novos hóspedes ficariam bastante confortáveis naquele Bed & Breakfast com vista para o lago Okanagan. Isadora decidiu que faria um website para o novo negócio colocando suas melhores fotos da região. Aquele lugar era um pouco seu também e esperava que fosse um grande sucesso.

Despedindo-se de Diogo e Joe, ela foi para casa. Queria passar um final de tarde tranquilo na sua varandinha mexendo nas caixas de fotos da tia. Ainda não tinha tido uma boa ideia para escrever artigos sobre os portugueses da região, mas sabia que iria se inspirar quanto mais examinasse as fotos e os recortes de jornal. Estava curiosa sobre a relação da tia com Otávio quando eram jovens. Não tinha tido ainda a oportunidade de perguntar por que Áurea saía de casa antes que Isadora chegasse para a reforma. Essa era uma conversa que tinha que acontecer pessoalmente e não por mensagens.

Diogo lhe enviou uma mensagem lembrando que a pegaria no dia seguinte às sete da manhã para irem para Vancouver. Desde a visita à casa dos pais dele que Diogo não ultrapassava os limites da amizade. Talvez ele tivesse entendido finalmente que Isadora não podia se comprometer.

Mas, no fundo, ela sentia uma pontada de tristeza quando estava longe dele – ou pensava nele. As reações do seu corpo denunciavam seu desejo de romper esses limites de mera amizade. Como não tinha como resolver esse impasse, iria viver um dia de cada vez.

O cansaço desceu sobre ela como uma pesada cortina. Guardou as fotos e foi para seu quarto. Pegou algumas roupas práticas do armário e colocou tudo numa maleta junto com seus produtos de beleza. Escovou os dentes e enfiou-se debaixo da coberta mergulhando instantaneamente nas sombras do mundo dos sonhos.

Capítulo 23

A chuva no para-brisa era o prenúncio do tempo que faria durante o fim de semana. O clima não poderia ser mais diferente entre Kelowna e Vancouver, separadas por apenas quatro horas de viagem de carro. Isadora sempre imaginava que o preço daquele verde todo da grande cidade do Pacífico era a constante chuva. Adorava a vegetação selvagem da costa continental e da Ilha de Vancouver. Se tivesse mais tempo, consideraria cruzar a baía com Diogo. A sensação do vento – e muitas vezes da chuva – no rosto quando estava no deck dos imensos ferryboats que cruzavam aquelas águas da baía a fazia se sentir viva. Como seria dividir essa experiência com Diogo? Almoçar em um dos restaurantes do ferry, passear no deck e –

"Isadora?"

Ela levou um susto e olhou para Diogo.

"Estava sonhando acordada? Parecia um bom sonho pelo seu sorriso. Posso saber o que é?" Ele deu um sorriso maroto.

"Estava olhando a chuva e pensando que não é para menos que Vancouver é tão verde," ela disse com olhos fixos no gotejar no para-brisa.

"Nossa, se sente tão feliz assim pensando em chuva e vegetação?" Ele olhou de relance para ela.

"Você é intrometido mesmo!" Ela deu um soquinho no braço musculoso dele e recebeu de volta uma carga elétrica. Quanto mais distância dele, melhor, ela pensou. "Com quem Pogo ficou?" Ela mudou de assunto correndo.

"Com Joe. Meu primo está morando comigo por um tempo. Não sei ainda quando vou terminar a reforma na minha casa. Por enquanto alugo um apartamento pequeno perto do centro."

"Além do que me mostrou da casa, pretende fazer mais alguma coisa antes de ir para lá definitivamente?"

"O principal é a cozinha; quando ela estiver pronta, eu me mudo. O resto faço depois lá mesmo. Quero arrumar o pátio dos fundos e colocar uma churrasqueira, mesa, cadeiras; de que vale uma casa grande se não for para receber a família e os amigos?"

"Sabe o que ficaria legal? Uma pérgola com trepadeiras e uma jacuzzi."

Ele tirou os olhos da estrada e estudou o rosto dela. Isadora apontou para a estrada preocupada, mas ele riu. Voltando os olhos para a estrada, ele disse:

"Ainda melhor se a gente colocar uma rede."

"Seus amigos não vão sair da sua casa."

O tráfego ficava mais pesado ao se aproximarem de Vancouver. Isadora foi indicando o caminho para a casa dos pais e quando finalmente chegaram, a chuva tinha parado.

Diogo estacionou a pick-up na entrada da garagem da casa de dois andares. Isadora saiu do carro e sua mãe veio descendo a escadinha da varanda para receber a filha.

Diogo desceu do carro e tirou a maleta de Isadora do banco de trás. A reação dele foi a mesma de Isadora quando viu quem vinha logo atrás da mãe.

"Mãe, o que Jessica está fazendo aqui," Isadora perguntou num tom acusatório.

Diogo segurou de leve no braço dela e sussurrou:

"Não se estressa."

Isadora soltou o braço e foi até sua mãe, dando-lhe um abraço. Antes que a senhora respondesse, Jessica falou:

"Vim receber vocês."

"Filha, por que não entramos e conversamos lá dentro? Vai começar a chover," a mãe de Isadora disse. Virando-se para Diogo, apresentou-se: "Sou Lúcia e imagino que seja Diogo. Desculpa essa situação."

Diogo mal a cumprimentou e Jessica já tinha agarrado o braço dele.

"Você está indo pegar o ferry, não é? Uma coincidência porque estou indo para Nanaimo também. Pode me dar uma carona?" Jessica ronronou.

Isadora, com os olhos arregalados, puxou a prima pelo braço com rispidez para o lado e disse:

"Por que você faz isso? Que prazer é esse de se meter na minha vida?"

"Na sua vida? Quero só uma carona."

"Não quer nada."

Jessica deu uma risada, desvencilhou-se da prima e entrou na pick-up de Diogo sem mesmo ser convidada. Ele se aproximou de Isadora e sussurrou no seu ouvido:

"Deixa isso para lá. Aproveite a visita e pego você amanhã por volta de três da tarde."

Os olhos de Isadora encontraram os de Jessica e, por um momento, ela teve vontade de arrancar a prima do carro à força pelos cabelos. Sua mãe passou o braço por sua cintura, despediu-se de Diogo e puxou a filha para dentro de casa.

Isadora largou a maleta no meio da sala e jogou-se no sofá com os braços estirados ao lado do corpo. "Mãe, essa mulher é louca. Desde que comecei a reforma da casa da tia que ela não me deixa em paz. Achei que, depois de Peter, ela sossegaria. Só que agora tem outro alvo: Diogo."

"Filha, já falei com seus tios, mas sabe como é – eles sempre trataram Jessica como se fosse uma princesa e nada é culpa dela. Nunca souberam lidar com a filha voluntariosa e não vai ser agora que vão fazer alguma coisa. Ela já é adulta e não vai receber conselho dos pais."

Isadora tentou relaxar e prometeu para si que não permitiria que a prima estragasse sua visita aos pais.

"Mas me fala desse rapaz, o Diogo." Lúcia sentou-se na poltrona de frente à filha.

Esfregando a testa, Isadora perguntou:

"O que quer saber?"

"Sua tia Áurea me disse que vocês passam bastante tempo juntos. Não só na reforma da casa."

"Como ela poderia saber se não para em casa e a gente nem se fala direito? Ela arrumou esse namorado e passa o dia todo com ele." Ela se sentou e olhou para a mãe. "Diogo é um bom amigo, só isso."

"Será? Não me pareceu ser só amigo. Pelo menos, não da parte dele. Vi como ele olhou para você."

"Mãe, ficamos menos de 10 minutos lá fora e, com o furacão Jessica, o que você teria visto?"

"Filha, sou casada, mas não estou morta. Sei como é o olhar de um homem apaixonado. A cara de desespero dele quando Jessica entrou no carro e você se transtornou não deixa dúvida."

Isadora levantou-se, pegou a maleta do chão. "Vou para meu quarto trocar de roupa. Estou com frio. Essa cidade só chove!"

"Entendi. Mudando de assunto – seu pai quer jantar fora hoje e pediu para você escolher o restaurante."

Aliviada pela mudança de assunto, Isadora deu um beijo na mãe e foi para seu quarto depois de sugerir seu restaurante preferido. Lúcia mantinha o quarto das duas filhas como se elas fossem voltar para casa a qualquer momento.

A noite foi bastante agradável e os pais conversaram só amenidades. O restaurante de frutos do mar tinha uma vista perfeita de parte daquela cidade bem guardada entre o mar e as montanhas. Os aromas e a música ambiente distraíram a mente de Isadora das imagens que formavam de Diogo atravessando a baía de ferry com Jessica. Como a prima não tinha levado bagagem, Isadora imaginou que, a essa hora, ela já estaria de volta a Vancouver e longe do rapaz.

O jantar terminou com a sobremesa preferida de Isadora e um passeio de carro pelo bairro sofisticado na encosta verdejante da montanha.

A chuva recomeçou e, já no seu quarto, debaixo das cobertas, ela escreveu um breve artigo sobre a vida noturna de Vancouver e publicou-o no seu blogue. Estava com o trabalho atrasado. Com a reforma da casa, passava pouco tempo escrevendo. Tinha ligado no dia anterior para a Associação de Portugueses do Vale do Okanagan e iria encontrar-se com o presidente na semana seguinte para trocar algumas ideias. Esperava que, quando terminasse de avaliar todo o material das caixas da tia Áurea, poderia ter uma ideia mais clara sobre o que escrever.

Apagou a luz e deitou-se. Ouviu um sinal de mensagem e pegou o telefone esperando ter alguma notícia de Diogo, mas a mensagem dizia:

> *Priminha, estou em Nanaimo com a melhor companhia do mundo. Volto amanhã e conto as novidades.*

Isadora desligou o telefone. Dessa vez, não ficou com raiva. A onda que tomou conta do seu coração era de pura tristeza. Deitou a cabeça no travesseiro e chorou até seu cérebro se recusar a ficar acordado.

Capítulo 24

O cheiro de café foi a única coisa que fez com que Isadora saísse da cama. Ela empurrou as cobertas pesadas e levantou-se devagar. Deixou o telefone desligado. Não queria receber mensagens nem telefonemas. Depois de lavar o rosto, desceu atrás do aroma do café.

"Filha, o que aconteceu?" Lúcia perguntou ao ver o rosto inchado da filha. Ela puxou uma cadeira para Isadora e colocou uma caneca na sua frente. O líquido escuro e quente acordou uma parte do seu cérebro que Isadora preferia que permanecesse dormindo. As lágrimas escorriam pelo rosto e sumiam na toalha branca da mesa. Lúcia sentou-se ao seu lado e desceu a mão pelos cabelos da filha.

Isadora ligou o telefone e entregou-o para a mãe com a mensagem de Jessica na tela.

"Mas onde essa menina está com a cabeça? Por que fazer isso?"

"Mãe," Isadora limpou o rosto com um guardanapo e levantou-se. "Tomei a decisão de ficar na Itália. Não posso voltar para cá, não com Jessica na minha cola."

"Não tome uma decisão drástica com a cabeça quente."

"Mas, mãe, quando eu acho que ela largou do meu pé, ela volta. Já faz um ano daquela confusão com ela e Peter. Ela sempre reaparece com alguma ideia absurda para me infernizar."

Lúcia puxou a filha para se sentar de novo. "Não tome uma decisão agora. Talvez a gente tenha que tomar uma providência mais drástica. Não sei o que ainda, mas vou falar com seu pai e seu tio Paulo. Ele tem mais influência na família e quem sabe consegue fazer alguma coisa para acabar com esses ataques da Jessica."

"Não funciona. Acho que depois do Peter ela tomou mais gosto por me atormentar."

O pai de Isadora chegou e ela repetiu a mesma história para ele que imediatamente ligou para Paulo. Isadora achava inútil qualquer tentativa de conter a loucura da prima. Na Itália, Isadora teria a distância como aliada e só precisaria lidar com mensagens maldosas.

Ela saiu com seus pais para almoçar, mas nem a lagosta fresca abriu seu apetite. Não tinha planejado passar um fim de semana com o estômago doendo de raiva.

Ela não via a hora de voltar para seu apartamento. Queria seu próprio canto para planejar a ida definitiva para a Europa. Uma mudança dessa exigiria dela mais preparação – teria que se desfazer do apartamento, dos móveis, sem contar que precisava avisar ao tio Paulo que não queria mais a parte da administração do Bed & Breakfast. Sua garganta parecia engasgada como se ela tivesse engolido um bolo de lã. Seus olhos ardiam da noite mal dormida.

Às três em ponto, Diogo chegou para buscá-la. Ela abriu a porta e sentiu um impulso de abraçar aquele homem de camisa xadrez azul clara que parecia tão seguro de tudo. O que Isadora fez, no entanto, foi dizer um oi frio e fazer um sinal para ele entrar.

"Diogo!" Lúcia veio pelo corredor com os braços estendidos. Deu um rápido abraço no rapaz e convidou-o para a sala de estar. "Sente-se aqui enquanto Isadora pega a mala. Como foi sua viagem?"

Isadora não ouviu a resposta. Não queria ouvir a resposta. Foi para seu quarto pegar sua maleta e quando voltou para a sala, sua mãe comunicou:

"Vamos tomar um cafezinho na cozinha antes de irem embora."

"Mãe, acho que Diogo tem hora para chegar em Kelowna."

"Eu aceitei o convite da sua mãe. Não se preocupe com o horário," ele disse sorrindo.

Isadora fechou a cara e sentiu uma bola quente subir do seu estômago para seu peito. Não fez comentário e seguiu a mãe e seu convidado até a cozinha. De a boca aberta, ouviu a conversa despreocupada entre os dois. Sua contribuição para a conversa era monossilábica. Em um dado momento, até Pogo serviu de assunto para os dois. Isadora ficou sabendo coisas de Diogo que ele nunca tinha dito para ela. Até detalhes de sua saída da firma de auditoria entraram para a pauta da conversa.

Um pouco depois das quatro da tarde, os dois se despediram de Lúcia e pegaram a estrada. Isadora encostou a cabeça na janela da pick-up e manteve os olhos fixos na estrada. Diogo olhava para ela de relance de vez em quando, mas ela não rendeu papo quando, vez por outra, seus olhares se cruzavam.

Quando a chuva deu uma brecha, Diogo tirou o carro da estrada e parou numa área arborizada usada por motoristas cansados que precisavam se esticar antes de seguir viagem. Só um carro estava parado ali e seus ocupantes comiam em uma mesinha de madeira.

Isadora olhou para ele confusa. Ele tirou o cinto de segurança e virou-se no banco para encará-la.

"Vai me dizer o que está acontecendo?"

"Nada."

"Nada? E seu olho vermelho, seu rosto inchado, suas mãos trêmulas? Nada?"

Ela tirou o próprio cinto de segurança e ajeitou a jaqueta jeans. "Se você quer saber mesmo, estou cansada da Jessica. Você não vai entender."

"Sei que ela inferniza sua vida. Imagino que a rivalidade entre vocês não deve ser coisa nova. E se você não me explicar, vou continuar sem entender."

Isadora abriu um pouco a janela e inspirou o ar fresco. Sentia o peito apertado. "Não chamo de rivalidade porque não sou inimiga de ninguém. Jessica sempre me odiou e nunca soube o porquê. Sempre que tem a oportunidade, ela destrói alguma coisa que é importante para mim."

Diogo olhou para ela como se quisesse arrancar mais informação lendo seus olhos. "O que ela quer destruir agora que é importante para você?"

Sentindo-se acuada, Isadora tentou desconversar. "Deixa para lá." Pegou um lenço de papel na bolsa e assoou o nariz. "Tomei uma decisão. Vou me mudar definitivamente para a Itália. Não aguento mais."

Ela não soube dizer o que viu nos olhos de Diogo – dor, tristeza, frustração. Mas não estava em condição de lidar com os sentimentos dos outros sendo que os seus estavam em frangalhos.

Com voz grave, ele perguntou:

"Não é uma decisão um tanto precipitada?"

Transtornada, Isadora respondeu quase gritando:

"Você sabe o que é ter uma pessoa na sua cola o tempo todo tentando puxar seu tapete? Você sabe o que é receber mensagens maldosas o tempo todo? Você sabe o que é perder um namorado por causa de uma mulher doida que não consegue ver você feliz?" Imediatamente, Isadora arrependeu-se de ter feito a última pergunta. Não queria se expor, expor um relacionamento fracassado.

Diogo ficou em silêncio por um momento. Devagar, estendeu o braço e passou os dedos no rosto molhado de Isadora. Ela puxou o corpo para trás e continuou:

"Diogo, não insista. Não aguento jogo duplo."

Ele arregalou os olhos e apertou o volante com as duas mãos. "O que quer dizer com jogo duplo? Do que está falando?"

"Jessica fez questão de me informar sobre a noite agradável que você dois tiveram."

Ele deu um riso ácido. "Que noite? Não sei o que ela falou, mas não teve noite e nem mesmo tarde. Ela pediu carona até o terminal do ferryboat e foi o que fiz. Eu a larguei na área de passageiros sem carro, dei meia volta e fui para a área dos carros esperar o ferry. Não a vi mais e mesmo que ela tivesse me procurado no barco, se é que embarcou, não acho que me encontraria. Viajei o tempo todo dentro do carro e duvido que ela fosse me procurar nos três níveis de estacionamento ou naquele deck enorme com mais de dois mil passageiros. E de salto alto."

Isadora não pode deixar de dar uma risada ao pensar na prima subindo e descendo escada no ferry procurando Diogo. Duvidava que ela tivesse sequer embarcado.

"Voltando ao assunto, que jogo duplo?"

Ela não respondeu. Só cruzou os braços.

"Isadora, olhe para mim," ele pediu e ela obedeceu. "Não faço jogo. Sou homem de uma mulher só. Ou fico com aquela que é especial para mim ou fico sozinho. Hoje estou sozinho e vou ficar assim até conquistar aquela que me interessa."

Ela sentiu um bálsamo quente se espalhar por seu peito. Examinou aquele rosto sincero, aqueles olhos profundos, as mãos fortes apertando o volante e desejou puxá-lo para perto de si. Mas sabia que seria um erro. Não podia viver mais com Jessica tentando destruir o que era importante para ela. Pensou que poderia até mudar seus planos de viagem, mas começar um relacionamento com Diogo seria ter que enfrentar mais dor.

Ele não fez qualquer gesto de aproximação, mas Isadora sentiu-se acariciada pelo olhar de Diogo.

"Isadora," ele falou baixo, mas com grande intensidade. "Não tome qualquer decisão agora. Não é hora para isso. Por favor."

Ela abaixou a cabeça e lutou para conter as lágrimas. Não disse que sim nem que não. Não tinha uma resposta. Seu coração contradizia sua mente e sentia-se enfraquecida com a constante batalha.

Capítulo 25

O resto da viagem foi feito em silêncio, assim como o trabalho de reforma nos três dias seguintes. As palavras trocadas entre Diogo e Isadora eram exclusivamente sobre piso, tinta, pia e torneiras. Joe trabalhava, na maior parte do tempo, em silêncio, mas, virava e mexia, tentava arrancar alguma coisa do primo ou de Isadora, sem sucesso.

Faltava pouca coisa para terminar o trabalho e, conforme um cômodo ficava pronto, o coração de Isadora se enchia de tristeza e frustração. Tinha se apegado à casa e desejava muito fazer parte da administração do B&B. Queria desanuviar a relação com Diogo. Mas seus desejos eram sufocados pela ansiedade de fugir do tormento de Jessica e começar algo novo na Europa. Não estava conseguindo escrever e as ideias que teve sobre possíveis artigos da chegada dos portugueses ao Vale do Okanagan foram temporariamente abandonadas, mesmo com a notícia que recebeu do seu futuro tio Otávio de que a Associação de Portugueses queria que ela fizesse um website novo com fotos e artigos sobre o trabalho que eles faziam na região e um pouco da história.

No momento, ela gastava parte do seu tempo planejando sua mudança. Não era fácil se desfazer de tantas coisas palpáveis, mas o mais difícil era ter que deixar para trás o que era imaterial.

No final daquela tarde de quarta-feira, tia Áurea voltou para casa radiante. Convidou Isadora, Diogo e Joe para tomarem Champagne na cozinha. Seus gestos apoteóticos deixavam claro que ela não tinha detectado o ambiente pesado naquela casa. Joe bebeu seu Champagne em um só gole. Diogo ficou segurando a taça sem se mexer e Isadora disfarçou e despejou o conteúdo da sua bebida na pia. Não queria beber, não queria celebrar.

"Quero anunciar oficialmente que estou noiva!" Áurea disse mostrando o grande anel de diamante para os três jovens cabisbaixos.

"Parabéns, Dona Áurea," Diogo disse tentando mostrar entusiasmo. Levantou sua taça e pediu um brinde: "A uma vida longa e feliz com tio Otávio!"

Eles brindaram e cada um deu uma desculpa para sair dali. Isadora correu para o banheiro e chorou. O que seria da casa? Mas por que se importava se ia mesmo embora? Por que as coisas não podiam ser mais simples?

Isadora fugiu da tia o resto do dia, mas não teve escapatória antes de sair.

"Isadora, queremos fazer o noivado aqui na casa. Quando você acha que fica pronta?"

"Imagino que mais uma semana. Por que não pergunta para Diogo?"

"Quero uma linda festa com muita música e muita comida. Estou tão feliz! O amor não é lindo?"

A essa pergunta, Isadora não saberia responder. Muito menos no estado em que se encontrava. Só sorriu e deixou a tia dar detalhes do que teria no noivado. Ainda não tinha tido a oportunidade de perguntar-lhe se ela e Otávio tinham tido um relacionamento no passado. Queria mostrar para ela a foto que achou dos dois, mas naquele momento só queria ir embora para casa. Mais um dia de trabalho e o fim de semana chegaria para ela finalmente poder se trancar em seu apartamento e ficar sozinha.

No dia seguinte de manhã, Diogo entrou na cozinha, pegou Isadora pelo ombro e tirou o pincel da mão dela. "Hoje nós vamos sair para conversar. Não dá para ficar desse jeito. Esse clima está me comendo por dentro."

Sem esperar resposta, ele subiu as escadas e começou a martelar em algum cômodo. Isadora pegou o pincel de volta e tentou se concentrar no trabalho.

Joe entrou em seguida com vários frascos de veneno. "Agora mato aquelas desgraçadas! Esses formigueiros devem ter quilômetros e quilômetros de túneis." Ele sorriu e Isadora arregalou os olhos. "Ah, notou meus dentes novos? Fiz tratamento e clareamento. Adeus manchas de cigarro. Adeus cigarro. Adeus maus hábitos!"

Isadora deu um abraço rápido nele e recebeu o sorriso mais radiante que via em muitos dias. "Estou tão feliz por você! E como vai a reforma do restaurante do vinhedo?"

"Está pela metade ainda, mas o dono me disse que vai querer que eu reforme outros dois restaurantes. Pensou que eu era um caso perdido?"

"Pensei," ela disse e riu. "Acho que preciso mesmo acreditar em milagres."

"Seria bom," disse a voz séria de Diogo atrás de si. Ele saiu para o quintal e Joe foi atrás dele deixando Isadora no meio da cozinha com o rosto queimando.

Capítulo 26

Diogo estacionou o carro e abriu a porta para Isadora. As colinas ao seu redor desapareciam junto com o sol, deixando apenas sombras no horizonte. Uma brisa quente balançava o vestido leve de Isadora e levantava suavemente seu cabelo como mãos invisíveis. Diogo ofereceu seu braço para ela e subiram juntos o estreito caminho de pedras coberto por um túnel de árvores que levava para o aconchegante restaurante do vinhedo.

O garçom levou-os para uma varanda coberta por uma treliça com trepadeiras e suas flores de intenso rosa. De frente para Diogo, Isadora observava os traços firmes do rosto dele delineados pela luz da pequena luminária em forma de vela em cima da mesa. Dentro do restaurante, na cozinha aberta, o chef exibia sua arte flambando alguns pratos que exalavam uma explosão de aromas.

Os ombros de Isadora ficaram tensos quando o garçom saiu depois de anotar os pedidos. Ela não sabia ao certo o que falar. Entrelaçou os dedos no seu colo e esperou. Diogo inclinou-se um pouco sobre a mesa e olhou para ela. "O que a gente quer?"

Isadora não entendeu a pergunta de primeira, mas sabia que ele não falava da comida.

Ele repetiu a pergunta e ela respondeu apertando os dedos entrelaçados. "Não sei exatamente; achei que sabia." Ela fez uma breve pausa e arriscou perguntar: "O que você quer? Você sabe?"

"Sei."

Silêncio. Isadora não teve coragem de perguntar o que ele sabia. Ele continuou:

"Quero isso. Isso que vemos agora. Isso que temos agora."

Em alerta, Isadora permaneceu calada, mas, ao que parecia, ele estava disposto a falar.

"Quero esse vale, minha vida aqui, meus amigos e minha família. Quero você ao meu lado."

Ela abaixou levemente a cabeça e o garçom colocou o primeiro prato na frente deles. Isadora começou a comer sem saber o que era aquela salada. Como ele não falava nada e nem tocava na comida, ela sentiu-se na obrigação de dizer alguma coisa. "Diogo, você não entende –"

"Tento, mas não consigo. Qual é a dificuldade? Diz para mim, Isadora, diz para mim que não quer mais me ver depois da reforma, que não quer saber da minha companhia. É só você dizer que não insisto mais. Diz!" Ele fixou seus olhos nos dela sem permitir que ela desviasse o olhar. "Diz e nunca mais importuno você."

Ela não respondeu e ele encostou-se na cadeira. Isadora não soube dizer se o que viu no rosto dele era um leve sorriso ou um movimento involuntário dos lábios. O garçom veio com o prato principal e levou a salada intocada de Isadora. Ela tentou comer, mas sentia dificuldade de engolir. Ao contrário de Diogo, que comia com prazer. Ele puxou uma conversa sobre o noivado de tia Áurea e Isadora conseguiu dar umas garfadas. Deixando o garfo apoiado na beirada do prato, ela entrelaçou os dedos, apertando-os levemente. "Tenho um pressentimento de que tia Áurea vai vender aquela casa. E se não vender, vai morar ali depois de casada e não vai querer gente invadindo sua privacidade."

"A gente pode se surpreender. Vamos esperar para ver o que acontece. Meu tio mora numa casa muito grande também nos arredores de Kelowna. Quem sabe sua tia mantém o B&B e mora na casa do tio Otávio."

Isadora deu de ombros sentindo-se muito cansada para discutir esse assunto. A casa não era mais da sua conta porque não estaria por ali mesmo. Ele colocou a mão quente em cima da dela e, como sempre acontecia quando ele a tocava, uma neblina envolveu sua mente.

"Você pensou sobre sua decisão de ir embora?"

"Ando pensando muito."

"Acha que vale a pena viver correndo da Jessica?"

"Mereço descanso."

Ele soltou a mão dela e cruzou os braços. "Não pode ter descanso aqui?"

"Ela não vai me dar."

Ele colocou os cotovelos na mesa e inclinou-se na direção de Isadora. "Acho que vai."

Ela arqueou as sobrancelhas. "Como assim?"

"Quando dei carona para ela em Vancouver, ela insinuou que eu e ela poderíamos ficar juntos até o dia seguinte."

Isadora desviou o olhar e engoliu em seco. Diogo continuou:

"Eu disse para ela que ela valia muito mais do que aquilo, do que uma oferta de uma noite."

Isadora inclinou a cabeça e olhou para ele sem falar nada. Diogo prosseguiu:

"Ela chorou."

"Manipulação," Isadora disse com veemência.

Diogo sacudiu a cabeça negativamente. "Não conheço sua prima, mas o choro silencioso dela me mostrou que talvez nunca tivesse sido tratada com consideração; pelo menos não por um homem."

"Custo a acreditar que seja verdade; por que então ela me mandou uma mensagem dizendo que vocês dois tinham passado a noite juntos?"

Diogo encostou-se na cadeira e tamborilou o polegar na mesa. "Costume. Ela está acostumada a mentiras e intrigas. Desculpa a comparação, mas sabe quando você tenta tirar um brinquedo da boca de um cachorro e ele resiste, fazendo cabo de guerra? Pogo faz isso. Mas quando você solta o brinquedo, o cachorro desiste."

Isadora deu uma risada nervosa. "Você está sugerindo que eu faça o mesmo? Entre no jogo dela?"

Diogo deu de ombros. "Não custa tentar. Sei que a deixei na área de passageiros da balsa naquele dia e não a vi mais."

Isadora pegou seu garfo e o enfiou em um pedaço de frango, mas não o comeu. "Não custa tentar."

Os dois comeram em silêncio. Quando o garçom voltou, Isadora pediu uma fatia de torta de chocolate amargo e um café.

"Acho que preciso de uma dose de cafeína," ela disse.

Quando a torta chegou, Isadora colocou o prato no meio da mesa e falou:

"Não me deixa engordar sozinha, Diogo."

Dividiram a torta e tomaram café. Isadora sentiu a tensão dos ombros sumir devagarinho. Diogo pagou a conta e os dois saíram do restaurante de braços dados. Ele a levou por um caminho diferente, do outro lado do estacionamento.

Nos fundos do restaurante, um pátio em círculo cercado de árvores no centro de um extenso gramado servia de camarote para o vinhedo. A lua cheia iluminava as dezenas de corredores de vinhas. Mesmo naquela penumbra, algumas pessoas examinavam as placas que indicavam os tipos de uva plantada: Merlot, Cabernet Sauvignon, Pinot Noir, Chardonnay entre tantas outras variedades da região. Isadora e Diogo tentavam ler as placas e, quando não conseguiam, Diogo acendia a lanterna do celular.

"Lembro que quando eu era pequena, eu e meus primos brincávamos de labirinto entre as vinhas. Meus pais e meus tios ficavam loucos com medo de arrancarmos as uvas," Isadora disse chegando o rosto para ver um cacho de uva mais de perto.

"Eu fazia isso também. Eu e Joe gostávamos de ajudar nosso tio a pegar uva congelada para fazer *icewine*. A gente bebia o vinho escondido e ficava bêbado." Diogo riu. "Eu não sabia que esse tipo de vinho era mais forte que os outros."

"O vinho de uva congelada engana porque é muito doce. Mas quem nasceu aqui deveria saber que ele é mais forte que os outros, não é? Aposto que vocês dois se faziam de desentendidos para beber mais," ela disse com um tom de brincadeira.

"Que nada. Uma vez passei tão mal que nunca mais bebi mais que uma taça."

Isadora e Diogo subiram de volta para o pátio e ela encostou-se em uma árvore. O ar quente tinha finalmente cedido para o frescor da noite no vale. A ondulação natural do terreno dava a impressão de uma paisagem em constante movimento.

"Você nunca pensou em morar em outro lugar?" Isadora perguntou.

Diogo pendurou os polegares nos bolsos da calça preta e respondeu, olhando para o vale:

"Para ser sincero, já. Mas quando vejo isso tudo aqui, acabo deixando a ideia de lado. Um dia talvez queira explorar outros lugares, mas sei que vou acabar voltando para cá."

Isadora examinou a silhueta daquele homem forte, mas sensível, e foi tomada por uma onda de carinho. Passavam tanto tempo juntos que era impossível não se impressionar com a integridade e sinceridade de Diogo.

Ela se aproximou devagar, mas ele esperou. Isadora levantou a mão com um pouco de hesitação e pousou-a no rosto dele. Sentiu aquela pele quente e uma corrente elétrica subiu pelo seu braço. Diogo a enlaçou pela cintura e a puxou para si. Esperou. Isadora ficou na ponta dos pés e beijou-lhe o rosto. Timidamente, ela subiu as duas mãos pelo peito dele e o enlaçou pelo pescoço. Fechou os olhos e procurou os lábios dele com os seus. Como se tivesse recebido um convite muito esperado, Diogo passou as mãos fortes pelas costas de Isadora, por debaixo da cortina de seda dos seus cabelos, e a pressionou contra seu corpo.

Isadora sentiu um formigamento que ia do ouvido ao pescoço quando ele sussurrou seu nome várias vezes. Sua cabeça rodava e seus pés pareciam dançar com o ondular do vale. O beijo parecia arrancar sua alma e, quanto mais mergulhava nele, mais sentia que aquele era um caminho sem volta. A lição que nunca aprendia era que Diogo mantinha distância enquanto ela não se aproximava, mas, a um sinal de encorajamento da parte dela, ele deixava claro o que desejava.

A vozes que se aproximavam trouxeram Isadora e Diogo de volta à realidade. Andaram, lado a lado, de volta para o estacionamento. Isadora sentiu um pânico espalhar-se pelo seu corpo quando pensou em ficar sozinha com ele no carro, na estrada. Não por medo dele, mas por medo dela própria. Tinha a necessidade de encostar a cabeça naquele peito forte, de sentir aquela pele perfumada e o calor dos seus lábios. Tudo seria tão mais fácil se não existissem tantos obstáculos entre eles. Tinha consciência de que era ela a causa de tanto entrave, mas não sabia o que fazer.

Ele abriu a porta para ela e deu a volta no carro. Sentou-se ao volante e olhou para ela. Isadora desviou o olhar e, como se Diogo entendesse o recado, ele pegou a estrada sem dizer qualquer palavra.

Capítulo 27

Isadora acordou no dia seguinte ainda sentindo as pernas bambas. Permaneceu deitada de barriga para cima, com as mãos debaixo da cabeça, olhando para o teto, como se esperasse aparecer ali alguma resposta para seus dilemas. Tinha dado um passo perigoso revelando toda sua vulnerabilidade emocional a Diogo. Não conseguia arrumar uma desculpa plausível para aquele beijo; sabia que o motivo era que tinha desejado aquilo. Acusara-o de jogar, mas quem estava jogando era ela. Ela não assumia o que queria, ao contrário de Diogo que deixava claro que esperava um compromisso.

Ele não entrou em contato o dia todo e ela não esperava isso dele. No lugar dele, ela se sentiria frustrada. Talvez devesse se dar um prazo para resolver sua situação. Tinha descartado, por enquanto, a ideia de não voltar mais da Europa quando fosse. Não achava certo abandonar seu vale por causa de uma mulher doida como Jessica. Isadora pensou em seguir o conselho de Diogo e começar a tratar a prima de forma diferente para não ser esse constante cabo de guerra. No entanto, como iria resolver sua questão com Diogo, ela não sabia. Mas, quando pensava no que tinha acontecido com Peter, ficava desanimada.

Cansada de tanto pensar e não ter resposta, Isadora empurrou as cobertas e pulou da cama. Passou a manhã arrumando seu armário e guardando as roupas que não queria ou que não serviam mais em um saco plástico. Depois, abriu a caixa de fotos e pegou a foto da tia e Otávio e a colocou na bolsa. Na hora do almoço, trocou de roupa e saiu para se encontrar com a tia. Era a primeira vez em semanas que conseguiria conversar com Áurea sobre o futuro do Bed & Breakfast.

Isadora teria escolhido um restaurante menos agitado, mas a tia gostava de barulho e badalo. Sentadas em uma mesa na varanda do segundo andar, tia e sobrinha colocaram em dia as novidades da família, incluindo o último ataque de Jessica. O assunto mudou quando o primeiro prato chegou. Áurea deu mais detalhes sobre a festa de noivado que seria em duas semanas e Isadora foi fazendo um cálculo rápido das despesas com comida, música, decoração e outras coisas que nem imaginava fazer parte de uma festa íntima.

Na tentativa de mudar de assunto, Isadora tirou a foto antiga da bolsa. Áurea deu uma gargalhada não se importando com os clientes que conversavam baixo nas outras mesas. "Não me lembrava mais dessa foto. Estava numa das caixas do armário?"

"Junto com mais um monte de fotos antigas. Você e Otávio sempre foram amigos?"

"Na verdade, fomos namorados antes de eu conhecer seu tio. Mas ele teve que voltar para Portugal para cuidar dos pais idosos e o relacionamento não resistiu ao afastamento. Quando ele voltou, eu já estava casada com seu tio havia três anos. Otávio se casou, mas sua mulher morreu há uns anos. E aqui estamos nós. O amor dá voltas e voltas," ela falava e rodava a mão no ar, "e acaba caindo no mesmo lugar. Não se foge do amor."

Isadora tentou considerar aquilo para sua vida. Mas o que sentia por Diogo era amor? Se não, o que era que fazia seu mundo girar?

"Tia, estava pensando em fazer um grande painel de fotos e recortes para colocar no hall de entrada da casa. Assim, quando os hóspedes chegarem, vão ter a sensação de conhecer a história do lugar."

Isadora preocupou-se com a reação da tia que brincou um pouco com o garfo na salada e fez um biquinho com os lábios vermelhos.

"Isadora, não sei mais o que vou fazer com a casa."

Isadora viu-se preocupada com a própria reação. Sentiu como se tivesse recebido um balde de água gelada no rosto. Esperava que isso pudesse acontecer, mas não estava preparada para abrir mão da casa. *Você quer tudo, mas não quer se comprometer com nada,* uma vozinha sussurrou na sua cabeça.

"Onde vão morar quando se casarem? Por que não moram na sua casa?"

"Otávio tem muito apego à casa dele que construiu com as próprias mãos e não faz sentido ficarmos com duas casas."

Isadora cortou um pedaço do seu frango que tinha acabado de sair da grelha. Mastigou devagar para ganhar tempo e organizar seus pensamentos. Engoliu com dificuldade e passou a mão pelo pescoço como que para ajudar a comida a descer. "Mas se for virar um negócio, não precisa morar lá. Alguém administra."

"Isadora, você mesma fica dizendo que vai embora. Não estou entendendo, querida. Afinal o que quer da vida?"

Isadora sentiu-se constrangida com a franqueza, mas a tia tinha razão. Não dava para ficar com um pé em cada barco diferente e esperar chegar a algum lugar. Iria acabar caindo na água e se afogando. "Entendo, tia, mas não teria uma outra pessoa para assumir a administração do B&B?"

Áurea olhou para ela com olhar de espanto. "Por que faz tanta questão da casa afinal?"

Isadora não sabia responder. Teria que tomar aquilo como um sinal de que precisava urgentemente decidir o que queria da vida. "Está certo. Não faz mesmo sentido. Acho que me apeguei a ela durante a reforma e acho mesmo que o B&B faria sucesso. Mas vou embora e talvez não volte."

"Que ideia é essa?"

"Jessica."

"Absurdo. Não se toma uma decisão drástica por causa de uma louca. Assuma sua própria vida e pare de viver com esse fantasma do passado."

Isadora colocou um pedaço maior de frango na boca e mastigou mais devagar ainda. Será que era ela a doida da história e não Jessica? *Deus, me ajude porque acho que estou pirando! Cada hora eu decido uma coisa.*

"Querida," Áurea pegou na mão de Isadora, "você está um pouco confusa com toda essa movimentação na sua vida. Quer um conselho?" Isadora olhou para aqueles olhos azuis profundos e viu experiência de vida debaixo da superfície espalhafatosa. "Você é uma pessoa muito capaz, cheia de talento, mas um pouco confusa. Não podemos dar tiros para todo lado e esperar acertar o alvo. Você tem seu blogue e é boa no que faz. Tem se sustentado com isso e outras coisas que escreve. Viajar faz parte da sua profissão, mas não exige que você deixe para trás o lugar que ama, que escolheu a dedo para viver."

A tia tinha razão, mas por que essa necessidade de fugir? Áurea continuou:

"Basta se organizar um pouco que dá para procurar material para escrever de outras formas. Você não precisa ficar indo para o mesmo lugar várias vezes para escrever algo novo. Você sabe disso. Feche os olhos e reviva as experiências para ter material novo. Sobre seu coração –"

"Tia, nessa parte não tenho nenhum problema para resolver."

Áurea levantou a mão a mandando parar. "Tem. Tem um problemão. Você está apaixonada por um homem que está apaixonado por você. E quem está falando isso é uma mulher apaixonada. Entendo dessas coisas do coração. Por que tortura o pobre rapaz? Ele vai acabar se enchendo desse jogo."

"Tia, mas Peter –"

Áurea fez o mesmo sinal de pare com a mão. "Peter era um desqualificado. Só você não via. Ele não se envolveu com a Jessica porque ela era irresistível. Já viu Jessica com algum namorado que durasse mais de uma semana? Ela é linda, mas só é casca. Peter não sumiu por causa da sua prima. Sumiu porque não tinha caráter. Você precisa acreditar nisso. Liberte-se dessa ideia de que Jessica é quem determina o sucesso ou fracasso dos seus relacionamentos. Você acha que Diogo se interessa por ela? Não acredito."

Isadora falou baixinho:

"Quando fomos a Vancouver, Diogo deixou claro para Jessica que não está interessado."

Áurea deu outra gargalhada, chamando a atenção da mesa ao lado. "Pode ter certeza de que ela vai pensar duas vezes antes de se aproximar de Diogo. Já sobre a casa, não quero dar esperança. Vou conversar com Otávio e tomaremos uma decisão."

A tia recomeçou o assunto da festa de noivado, mas a cabeça de Isadora estava no que ela tinha acabado de falar sobre sua profissão e Diogo. Ela estava certa; tinha que organizar sua vida.

Sentindo-se um pouco mais animada, Isadora ligou para Otávio assim que chegou em casa. Combinaram de se encontrar mais uma vez para falar do projeto com a Associação de Portugueses. Precisava expandir seus horizontes profissionais.

Hesitante, apertou o número de Diogo várias vezes e desligou antes de completar a chamada. Queria trocar umas ideias com ele, mas pensava no que a tia tinha dito de ele acabar se enchendo dela. Mas eram amigos, não eram? Não podia dividir suas ideias com ele? Tomou coragem e ligou. Ele não atendeu e só retornou a ligação bem mais tarde dizendo que estava trabalhando na casa da colina, colocando piso na cozinha. Isadora não disse o que queria; desconversou.

No domingo, ela foi à sua própria igreja e depois saiu para almoçar com seu novo grupo de estudo bíblico. Na conversa, ela percebeu que não era a única que lutava com conflitos profissionais. Ela contou um pouco sobre seu plano de escrever sobre os portugueses no Okanagan e acabou descobrindo que dois da turma eram netos de portugueses.

Ela saiu do almoço animada, ainda mais com a expectativa de jogar vôlei na praia no final do dia. Por que perdeu tanto tempo para fazer amizade?

Capítulo 28

Na praia, Isadora ouviu alguém chamar seu nome. Joe vinha correndo com Pogo. Ela o apresentou à turma e Joe já se engraçou com uma mocinha de cabelo curto. Joe prendeu Pogo num suporte para bicicletas e entrou no jogo de vôlei. Isadora resistiu à tentação de perguntar sobre Diogo e se entregou ao momento. O vento no rosto, o pôr-do-sol, as montanhas ao fundo, o lago à sua frente – era isso que a tia dizia sobre viver o presente.

Isadora não teve coragem de cair na água depois do jogo. Molhou o pé no lago e lavou seu rosto suado.

"Vem, Isadora!" Joe disse jogando água nela, molhando seu short e sua camiseta.

"Um pouco gelada para mim," ela disse e correu dele, rindo.

"Pode dar uma volta com Pogo?" Joe pediu.

Ela disse que sim e foi até onde o animal estava. Desamarrou a guia do suporte de bicicleta. De alegria, Pogo lambeu sua mão e rodopiou em volta dela abanando o rabo.

"Vamos passear."

Pogo girou o corpo várias vezes antes de seguir em frente. Isadora achou uma torneira na calçada e deixou o cachorro beber água. Andaram mais um pouco, parando de tempos em tempos para o animal socializar com outros cachorros.

"A bela e a fera?"

Ao ouvir a voz, Pogo mudou de direção e quase derrubou Isadora. Saltou várias vezes tentando lamber o rosto do dono que lhe afagava as orelhas. Isadora lhe entregou a guia. "Joe arrumou mais uma amiguinha e pediu para eu olhar Pogo."

"Vi o jogo. Você joga bem."

"Onde você estava?"

"Correndo aqui na calçada. Pogo se cansou e Joe arrumou outros interesses, então fiquei sozinho. Muito cansada ainda para correr um pouco?"

Ela balançou a cabeça e voltaram para o lugar onde estava a turma para prender Pogo.

"Desculpa, amigão, mas você anda muito preguiçoso." Diogo deu um assobio e fez um gesto para Joe ficar de olho no cachorro. "Vamos?"

Correrem lado a lado, sempre mantendo o ritmo. Isadora tinha certeza de que ele poderia ir mais longe sem ela, assim como ela iria mais devagar se estivesse sozinha. No final da corrida, Isadora apresentou Diogo aos seus novos amigos Taylor, Meg, Jonathan e a nova amiga de Joe, Linda. Conversaram por um tempo, mas a ameaça de uma pancada de chuva e a noite que caía dispersaram o grupo. Joe, cara de pau como sempre, foi acompanhar Linda que morava a apenas umas quadras da praia.

Diogo pegou a guia de Pogo e passou a mão na cabeça do melhor amigo. "Simpáticos seus amigos." Ele olhou para Isadora e deu um meio sorriso.

Isadora puxou o rabo de cavalo para frente do ombro e passou os dedos por ele desembaraçando alguns nós. "Comecei a frequentar esse grupo de estudo bíblico com eles."

"Que bom, Isadora," ele disse com sinceridade na voz. Pogo sentou-se ao lado do dono e empurrou a mão dele com o focinho. Diogo olhou de Pogo para Isadora. "Está de carro?" Ela fez que sim com a cabeça e Diogo acariciou a cabeça do animal. "Preciso levar Pogo para casa. Ele deve estar com fome."

"Preciso ir também. Amanhã temos que terminar a cozinha da tia Áurea." Isadora fez uma pausa. Jogou o rabo de cavalo para trás. "Como está o andamento da sua obra?"

"Consegui colocar o piso da cozinha. Agora falta polir o piso de madeira do resto da casa. Ainda bem que está em bom estado, porque eu iria gastar uma fortuna colocando um novo." Pogo lambeu a mão do dono que fez um sinal para o cachorro se deitar. "Isadora, estou indo lá agora terminar de instalar as torneiras novas da cozinha e do banheiro. É cedo ainda. Não quer ir comigo?"

Isadora olhou para sua roupa suada e passou a mão pelo pescoço. "Se me der uma meia hora para eu tomar um banho, vou com você." *Por que não consigo falar não para ele?*

"Pego você às seis e meia."

******

Pontualmente, Diogo mandou uma mensagem dizendo que a esperava na rua. Isadora terminou de pentear o cabelo molhado e o torceu na toalha para não escorrer pela camiseta polo rosa. Calçou o tênis e colocou o telefone no bolso da calça jeans. Vestiu um casaquinho fino e pegou sua mochila. A chuva tinha parado e deixado uma brisa úmida e fresca.

Diogo a esperava na calçada ao lado do carro. Abriu a porta para ela e Pogo a saudou com dois latidos fortes de dentro da cabina da pick-up. Ela passou a mão na cabeça do cachorro que a lambeu, deixando uma baba gosmenta. Ela riu e disse para o cachorro:

"Esse tipo de beijo dispenso."

"Que tipo?" perguntou Diogo que acabara de entrar no carro.

Ela levantou a mão molhada e fez uma cara de nojo. "Este tipo."

Ele puxou um lenço de papel da caixa que ficava entre os bancos e deu para ela. No caminho, ele explicou o que precisa fazer na cozinha. "Quero um revestimento moderno, mas não daqueles exagerados que logo caem de moda."

"Concordo. Não sou muito ousada em termos de decoração," Isadora disse.

Quando chegaram na casa, Pogo foi marcar seu terreno perto da sua árvore preferida. Entrando na casa, Isadora deu um leve suspiro – estava ficando linda. Diogo levou-a para a cozinha e perguntou:

"O que acha? Que cor e textura de revestimento ficam melhor?"

Isadora passou a mão pela bancada de mármore recém-instalada. "Cores neutras."

Diogo olhou para ela e disse sério:

"Se fosse sua cozinha, o que escolheria?"

O coração de Isadora bateu mais forte. Constrangida, ela deu de ombros. "Não sei. Teria que ver as opções."

Ele voltou para o carro e trouxe seu laptop. Colocou-o sobre a bancada da pia. De pé, ele abriu na página da loja de construção. "Veja aqui."

Ela olhou as opções sentindo-se tímida de ter que escolher uma coisa do seu gosto para ele. Conforme descia as páginas, encantava-se com as cores e texturas. "Essa de acrílico azulado ou esse mosaico de mármore. Gosto muito de tons azulados, puxando para cinza. Acho que fica clássico. Esse aqui combina bem com sua bancada de mármore."

"Amanhã vão instalar os armários da cozinha. São brancos acetinados."

"Então acho que esse de acrílico cinza-azulado ficaria lindo, não acha?"

Ele olhou para a tela e para ela. "Gostei."

O estômago de Isadora roncou e ele riu. Tirando o telefone do bolso, Diogo disse:

"É melhor a gente pedir alguma coisa para comer. Pode ser pizza?"

O estômago de Isadora roncou novamente e ela colocou a mão na barriga. "Acho que meu estômago respondeu por mim."

Diogo riu e ligou para a pizzaria. Antes de desligar, ele disse para ela:

"Disseram que vão demorar uns 40 minutos. Se preferir, podemos comer fora."

Isadora olhou ao redor, sentiu o cheiro de tinta fresca e cimento e achou incrível cheiros que poderiam ser desagradáveis trazer memórias agradáveis. Depois de mais de três semanas reformando a casa da tia, esse cheiro fazia parte da sua realidade.

"Vamos ficar aqui mesmo," ela sugeriu.

Diogo confirmou o pedido e desligou o telefone. "Tenho umas cadeiras no pátio dos fundos. Pogo vai gostar da nossa companhia."

Os dois foram para fora e sentaram-se nas espreguiçadeiras viradas para as colinas. Diogo colocou uma pequena caixa de som para smartphone numa mesinha e escolheu uma seleção de jazz. "Me fala do seu grupo de estudo. O que estão discutindo agora?"

Isadora colocou os braços atrás da cabeça e esticou as pernas na espreguiçadeira. "Estamos estudando o fruto do Espírito. Pensamos tão pouco sobre as virtudes porque estão tão fora de moda, mas nós desejamos essas coisas. Quem não quer bondade, alegria, domínio próprio? A gente até espera isso dos outros, mas não exercitamos muito na nossa vida. Sei disso por experiência própria."

Diogo ajeitou-se de lado na espreguiçadeira. "Qual dos frutos você acha que é mais difícil para você?"

Isadora apertou os lábios e pensou. Tirou as mãos de trás da cabeça e colocou-se de lado também para encarar Diogo. "Paciência. Sei que é paciência. Quero tudo para ontem e enfio os pés pelas mãos. E para você?"

"Todos," ele respondeu.

"Todos?"

"Cada momento da minha vida mostra que falho em um ou em outro. Deus é amor e o amor é paciente. Ele tem tido muita paciência comigo me dando essas situações para eu exercitar o que sei na cabeça, mas que acho difícil colocar em prática. Peço muito a Ele para não permitir que eu desperdice essas dificuldades para aprender o que Ele deseja que eu aprenda."

"O que você acha que está aprendendo agora?" ela perguntou com olhar de curiosidade.

"Alegria, acho. Alegria de saber que Ele é o suficiente principalmente quando a situação não é favorável."

"Acho que falho nisso também. Sou muito ansiosa e quero controlar tudo. Isso me tem feito mal. Será que Deus está me mostrando esse ponto fraco que precisa mudar?"

Diogo estudou o rosto dela. "Você precisa perguntar a Ele. Faça isso diariamente, pergunte o que Ele está lhe ensinando naquele dia, naquela situação."

De onde estava vindo aquela paz? ela se perguntou olhando para Diogo. Isadora voltou a se deitar com a barriga para cima e olhou para o céu.

Pogo deitou-se entre as duas cadeiras. *Presente,* Isadora pensou, *viva o presente.* Ela olhou para as colinas à sua frente. Depois virou a cabeça discretamente e olhou para Diogo. Fechou os olhos e inspirou a brisa adocicada. Ela deu um pulo com o latido repentino do cachorro.

"Acho que a pizza chegou." Diogo levantou-se e entrou na casa para atender à porta. Pogo foi atrás abanando o rabo.

Isadora levantou-se, entrou na cozinha e ficou ali imaginando qual o resultado desse ambiente depois de colocado o revestimento de parede que tinha escolhido. Em um banquinho embaixo da janela, Isadora viu uma pilha de desenhos. Reconheceu os traços de Diogo. Ela passou as folhas admirando os traços a lápis. Alguns eram novos e um deles parecia ser da casa da tia Áurea. Os outros eram de casas diferentes que ela não reconhecia. Quando ela viu o último desenho, deu um suspiro e levou a mão à boca – era o da casa de Diogo vista do fundo. O pátio parecia encravado nas colinas onde o sol se punha. Esse era o único desenho dele que Isadora tinha visto onde havia uma pessoa. Era uma mulher no pátio, de perfil, segurando uma caneca de onde subia um vapor suave de bebida quente. Ela estava de roupa de frio e usava um longo cachecol. Uma lágrima rolou pelo rosto de Isadora quando notou o cabelo da mulher – ele caia como seda pelas costas dela e chegava quase à cintura. Não tinha dúvidas de que aquela era ela mesma. Sentindo um nó na garganta, Isadora apertou o desenho no seu peito.

Quando ouviu Diogo se despedindo do rapaz que entregara a pizza, Isadora deixou os desenhos no banquinho e correu para o pátio dos fundos. Ela puxou a mesinha de metal e a colocou entre as duas espreguiçadeiras. Diogo voltou com a caixa de pizza e uma garrafa de vinho branco. "Não se importa de comer com a mão? Ainda não tenho pratos e talheres."

"De jeito nenhum."

Isadora não mencionou o desenho, mas não conseguia tirá-lo da cabeça. Olhou para Diogo, que abria a caixa de pizza, e a sensação de carinho a invadiu de novo, como uma onda morna.

Comeram quase a pizza toda, deixando algumas bordas para Pogo que salivava debaixo da mesa. As palavras que trocaram eram a respeito da paisagem e da nova cozinha. Se existe um dia perfeito, Isadora elegeria aquele – tranquilo, fresco, inspirador. Era o presente. Não queria pensar no futuro naquele momento.

Quando acabaram de comer, Diogo mudou a seleção de música. "Espero que goste. São minhas músicas de louvor preferidas."

Ela ouviu a primeira música em silêncio, olhando para os montes. A segunda música arrancou lágrimas lentas e quentes dela. Ouviu a letra como se fosse Deus falando com ela, dizendo que se aquietasse, que mesmo que o coração estivesse acelerado, Ele estava no controle. As lágrimas aumentaram no solo de violoncelo – melancólico, profundo. "Que linda essa música! É como se Deus falasse comigo."

"É *Be Still* do Jeremy Camp. Ela me inspira nas dificuldades. Que bom que gostou," ele falou baixinho e, quando a música chegou ao fim, ele a tocou de novo.

Presente, Isadora, ela ouviu nitidamente como se alguém tivesse falado com ela. Ouviram mais algumas músicas em silêncio.

"Diogo," Isadora disse e sentiu uma onda morna enchendo seu peito quando ele virou-se para ela. "Acho que a tia vai vender o B&B."

"Ela disse isso?"

"Ela disse que quando se casar vai morar na casa do Otávio. Parece bobeira, mas me apeguei à casa. Não sei nem onde vou estar nos próximos meses então não deveria me preocupar com isso."

"Isadora, tanta coisa pode mudar. Sabe, esse é um exercício que faço – a cada dia basta seu próprio mal. Já se perguntou o que Deus poderia estar falando com você usando essa questão da casa?"

"Não."

"Então pergunte a Ele. Fique atenta para a resposta. Talvez vá se surpreender."

Isadora relaxou na espreguiçadeira considerando o que Diogo tinha dito. Olhou de relance para ele que estava com o olhar fixo nos montes.

Pogo deitou-se no meio das duas espreguiçadeiras e Isadora afagou o pelo sedoso do animal. Viajou seus dedos pela cabeça e pelo torso do labrador. O carinho foi interrompido pela mão de Diogo. Os dedos dele e dela se encostaram na maciez do pelo de Pogo e começaram um jogo delicado de entrelaçar e retirar os dedos.

Isadora fechou os olhos e desfrutou daquela doce brincadeira que fazia com que se sentisse levitando da cadeira. Uma corrente de ar mais forte sacudiu as folhas tenras de primavera das árvores que emitiram um rumor suave e preguiçoso. Para Isadora, aquele som era o acompanhamento perfeito da música que tocava baixinho no fundo; o acompanhamento perfeito para o enroscar dos dedos.

Pogo levantou-se e desfez a brincadeira. Quando Isadora abriu os olhos, Diogo estava com o olhar fixo sobre ela. Ela desejou tocar seu braço pendurado ao lado da cadeira; desejou tocar seu rosto e sentir a aspereza da barba por fazer, mas não quis acabar com aquele momento de paz, um momento que para ela parecia mais espiritual.

Diogo sorriu como se sentisse o mesmo, que aquele instante era para ser eternizado no coração.

Capítulo 29

Isadora puxou a colcha até o pescoço e sentiu como se estivesse flutuando nas nuvens. A escuridão do quarto só era quebrada pelo luar que entrava pela fresta da cortina. Ela deu um longo suspiro, passou a mão pelos olhos cansados e sorriu. Pela primeira vez, ela e Diogo conseguiram ter momentos agradáveis que não terminaram em desentendimento.

Nem em beijos que confundiam sua cabeça.

Conseguia pensar com clareza. Seguiria o conselho da tia Áurea – redefiniria seus alvos profissionais e ficaria atenta a novas oportunidades. De fato, não precisaria ficar viajando toda hora em busca de material para escrever. Quanto a Jessica, tinha que deixar esse fantasma no passado.

Em relação a Diogo, não sabia o que fazer.

Algumas horas antes, sentada com ele no terraço daquela casa, no topo de uma colina, no coração do Okanagan, ela se sentiu viva. Não queria que aquele momento terminasse nunca. Mas sabia que Diogo esperava muito mais do que uma companhia para pizza e música; ela tinha visto isso no desenho que ele tinha feito dela nos fundos da casa. Será que estava preparada para aquilo? E como saberia se estivesse?

O telefone avisou que havia uma nova mensagem. Pegou o aparelho ansiosa pensando se seria Jessica, mas leu palavras que derreteram seu coração.

Vou sonhar com essa noite.

Ela respondeu dizendo que também iria. E dormiu sonhando com aquela noite, decidida a não deixar o futuro atropelar o presente.

******

Logo cedo na segunda-feira, Isadora abriu a correspondência que tinha acumulado nos últimos dias, mas não esperava por aquela notícia. Não naquele momento.

O proprietário do apartamento avisava que iria rescindir o contrato do apartamento de Isadora para vender o imóvel. Ela teria um mês para resolver onde morar. Para alguns, era uma questão de procurar na mesma cidade, para ela, seria decidir se aquele era um sinal de que estaria livre para ir embora definitivamente. Seu coração ficou apertado.

Tomou um café e apressou-se para a casa da tia. Viu o carro de Diogo estacionado no fim da rua sem saída e correu para dentro da casa chamando seu nome. Joe apareceu da sala preocupado e disse que Diogo estava no banheiro de Áurea. Isadora subiu os degraus de dois em dois e correu pelo corredor chamando o nome dele. No banheiro, ela encontrou Diogo debaixo da pia instalando uma torneira. Ele se levantou da posição incômoda, largou as ferramentas no chão e olhou para Isadora preocupado. "O que foi?"

"Recebi uma carta do meu proprietário pedindo o apartamento de volta."

"Calma. Me explica isso direito." Ele se levantou e enxugou as mãos na calça jeans surrada.

"Vou perder o apartamento. Não estou preparada para me desfazer de tudo e viajar num período tão curto. E a tia vai vender a casa; não posso nem trazer nada para cá."

Diogo segurou Isadora pelos ombros. "Deixa suas coisas na minha casa."

"Você não disse que seu apartamento é pequeno?"

"Estou falando da minha casa; não do apartamento."

Ela inclinou a cabeça e considerou a oferta. "Mas vai atrapalhar sua obra. Posso vender a maioria das coisas até minha viagem."

"Não. Deixe na minha casa. Não venda nada enquanto não tiver certeza do que vai fazer. Essa semana terminamos a obra aqui e você prometeu me ajudar na casa. Até lá vai estar quase tudo pronto mesmo."

"Mas e depois, Diogo?" ela perguntou com a voz embargada.

"Depois a gente pensa. Combinado?" Ele a abraçou e deu-lhe um beijo na cabeça.

"Combinado." Ela se afastou dele, colocou a mão na cintura. "Você deve me achar uma chata, cheia de complicação."

Ele passou os dedos pelo rosto dela. "Acho você linda e um grande desafio. Adoro desafios."

Mais tranquila, Isadora foi para a cozinha terminar a pintura dos armários. Joe fazia um acabamento no piso da sala de estar. Logo limpariam tudo para preparar a festa de noivado da tia. Isadora desconfiava que a tia já tinha levado algumas de suas coisas para a casa de Otávio. Deu falta de algumas poltronas, principalmente as que foram estofadas recentemente. O quarto dela também estava mais vazio.

Enquanto pintava, Isadora considerou se era loucura aceitar a oferta de Diogo de levar seus móveis para a casa dele. O que ele faria com aquilo tudo quando ela fosse embora? Talvez a solução fosse um guarda-móveis. Iria sugerir, mas sabia que ele não aceitaria.

Tentou não se preocupar mais com aquilo e ficou pensando no encontro que teria à tarde com Otávio sobre o website da Associação de Portugueses que seria seu mais novo desafio. O dia passou voando e o único contratempo foi a volta das formigas. Joe sugeriu que chamassem um profissional para tratar do assunto.

Isadora voltou para casa mais cedo para tomar banho e se arrumar. Diogo ofereceu-se para levá-la à associação para conversar com tio Otávio e ela aceitou. Ela optou por um ar mais profissional e achou que uma calça preta com uma camisa de seda creme era sempre uma combinação certeira.

Não sabia o que fazer com seu cabelo alvoroçado. Como não tinha muito tempo, enrolou mechas grossas com a chapinha. *Um corte não seria nada mal no futuro.* Passou uma maquiagem leve e aprovou o resultado quando se olhou no espelho atrás da porta do banheiro. Andava tão desarrumada ultimamente com a obra que uma mudança de visual era bem-vinda.

Colocou várias fotos e recortes da tia Áurea numa pasta junto com o laptop. Calçou correndo o sapato preto alto quando Diogo avisou que estava na rua esperando. Como sempre, ele estava do lado de fora do carro para abrir a porta para ela. Deu um assobio longo quando a viu.

"Nossa, devo andar um bagulho para você se espantar com a mudança de visual!" Ela riu e entrou no carro.

Segurando a porta ainda aberta, ele disse:

"Bagulho nunca; é só que agora tirou meu fôlego." Ele colocou a mão no peito de forma exagerada, riu e fechou a porta. Quando entrou do outro lado, olhou para ela de cima a baixo. "Duvido que meu tio vai conseguir se concentrar na sua apresentação. Eu não conseguiria."

"Ai, que exagero. Vamos embora." Isadora olhou-se no retrovisor lateral do lado do passageiro e de um sorriso aprovando a imagem refletida.

Capítulo 30

Sentados na mesinha redonda alta do pub saboreando um hambúrguer, Isadora e Diogo conversavam animados sobre o encontro com o tio Otávio. Diogo passou o guardanapo nos lábios e disse:

"Acho que conquistou meu tio com sua ideia. Tenho certeza de que os membros da diretoria vão aprovar seu projeto."

"Você acha mesmo?"

"Acho inclusive que você pode vender parte da ideia para as prefeituras das cidades do vale."

"Não tinha pensado nisso," ela disse e abocanhou o hambúrguer.

Diogo riu da boca cheia dela. Isadora olhou para ele com a testa franzida e passou a mão pela barriga. Limpou os lábios com a língua e continuou a mastigar.

"Você, quando está feliz, come com gosto. Quando está preocupada, fica mastigando a comida como se fosse chiclete," ele observou.

Ela engoliu e falou:

"Que tipo de coisa para observar! Quando foi que comi tanto assim na sua frente para observar esses pormenores?"

"Pormenores? Depois diz que meu vocabulário é formal. Bom, comeu muito na minha casa. A pizza, lembra? Quase que a caixa foi também."

"Seu chato! Agora vou ficar com vergonha de comer na sua frente se for ficar analisando quanto como quando estou feliz ou triste."

"É minha forma de saber do seu estado emocional," ele riu. Diogo deixou sua comida de lado e encostou-se na cadeira. "Isadora, posso fazer uma pergunta pessoal?" Sua voz tinha um tom de seriedade.

Ela fez que sim com a cabeça e limpou os lábios com o guardanapo.

"Em que Jessica machucou você e por que tem medo de ela me machucar?"

Isadora não estava preparada para aquela pergunta. Segurava o sanduíche na mão, mas lentamente o devolveu ao prato. "Diogo, não sei se quero falar disso."

Ele continuou sem dar importância ao que ela disse. "Tenho a impressão de que aquilo que ela fez com você não permite que você considere um relacionamento comigo. Desculpa se estou sendo direto, mas preciso entender."

Ela respirou fundo e se abriu:

"Antes de me mudar para cá, tive um namorado, Peter. Depois de seis meses, vim para Kelowna. A gente se via nos fins de semana e férias. Ficamos assim por um ano mais ou menos. Ele começou a reclamar da distância e me pediu em casamento. Eu pedi um tempo para decidir." Isadora deu um suspiro e desviou o olhar. "Nesse meio tempo, meus pais começaram a desconfiar que ele estava aprontando; sabe, igual ao marido da sua irmã, mas felizmente nós éramos só namorados. Eu não queria acreditar nas histórias que meus pais me contavam. Um dia, cheguei de surpresa no apartamento dele e Jessica estava lá. Acabei descobrindo que saíam juntos de vez em quando. Eu o confrontei e ele negou com a cara lavada. Quando voltei para Kelowna, ele me mandou uma mensagem dizendo que tinha sido transferido do trabalho para outra cidade e desapareceu. Mudou o número de telefone e não deixou qualquer contato. Sofri, mas acho que foi orgulho ferido. Jessica aproveitou para me atormentar dizendo que nenhum homem me aguentaria porque sou fria e distante demais."

Isadora olhou para suas próprias mãos entrelaçadas em cima da mesa. Diogo colocou sua mão em cima das dela e disse:

"Desculpa. Não imaginava que isso chateava tanto você. Olhe para mim."

Ela olhou e ele desceu os dedos pelo rosto dela.

"Você não é fria. Você é a pessoa mais doce e atraente que conheço."

"E Jessica disse que Peter tinha reclamado com ela que eu não sabia ser carinhosa, que eu era estabanada e só me preocupava comigo mesma."

"Não acredite nisso. Pelo pouco que conheci da sua prima, não acho que seja digna de confiança. A maldade é espalhafatosa e barulhenta, por isso a gente acaba dando ouvidos a esse tipo de coisa. A bondade é discreta e nossa tendência é nos esquecer de tanta coisa boa ao nosso redor. Pense no que as pessoas que amam você dizem. É nisso que precisa acreditar."

Isadora olhou para Diogo e deu um suspiro. "Você está certo. Preciso tirar isso da minha cabeça. O ideal é que ela sumisse da minha vida."

"E se não sumir? Vai deixar de viver? Vai fugir?"

O garçom tirou os pratos e trouxe o menu de sobremesas.

"Vamos dividir uma torta de chocolate?" Diogo sugeriu.

Ela fez que sim com a cabeça e o garçom se retirou.

"Vamos parar de falar de mim. E você? Já feriu alguém ou já foi ferido?" Ela retirou suas mãos debaixo da dele.

"Se está falando de namoro, acho que nunca feri ninguém, pelo menos não no sentido de abandonar a pessoa sem dar motivos. Nunca fui ferido, acho. Já fiquei triste por um relacionamento que não deu certo."

O garçom voltou com a torta e dois cafés. Isadora saboreou um pedaço. "E qual foi esse relacionamento?"

"O último. Não sei dizer o que deu errado, mas descobrimos que éramos bons amigos apenas. Isso não é o suficiente para um relacionamento que desejamos que dure o resto da vida."

"Onde ela está agora?"

"Em Kelowna mesmo."

Isadora levantou as sobrancelhas e colocou outro pedaço de torta na boca. Diogo continuou:

"E muito bem casada."

Isadora deu um pequeno suspiro. Sentiu o rosto queimar quando perguntou:

"E o que você acha que é necessário num relacionamento que queremos para a vida toda?"

Ele bebericou o café antes de responder. "Amizade, com certeza, mas não é só isso. Alinhamento de valores, desejo de incentivar o sucesso do outro, muito companheirismo e cumplicidade, cuidado e paixão; aquela química irresistível."

Diogo olhou com intensidade para Isadora, mas dessa vez ela manteve os olhos fixos nos dele. Ela foi cortar um outro pedaço da torta, mas ele segurou sua mão, apertando-a. Isadora sentiu a corrente elétrica subir pelo seu braço, parando no seu peito, acelerando seu coração.

"Esta aqui," ele sussurrou.

"Essa o quê?"

"Essa química."

Ele soltou a mão dela e ela derrubou o pedaço de torta na mesa. Ele foi mais rápido e enfiou seu próprio garfo no pedaço e comeu. Cortou outro pedaço e deu para ela, que abocanhou um pouco tímida.

"Isadora, o que você acha que é essa 'coisa' que tem entre nós?"

Ela sentiu o rosto quente. Nunca esperaria uma pergunta tão direta. Ela gaguejou um pouco. "Que pergunta! Amizade?" Imediatamente pensou no desenho que Diogo tinha feito dela no pátio da casa da colina.

Ele balançou a cabeça negativamente.

Ela continuou:

"Não sei. O que você acha que é?"

"Não sei o que é, mas sei o que gostaria que fosse. Coisas indefinidas me incomodam muito."

Isadora lembrou-se do que tia Áurea disse de Diogo acabar se cansando desse jogo que ela estava fazendo com ele.

"Eu nunca prometi nada," ela disse dando de ombros.

O semblante de Diogo mudou; ficou duro e frio. Ela se espantou. Ele falou baixo, mas com firmeza:

"Engano seu, Isadora. Você prometeu muito quando nos beijamos. Você prometeu com seu abraço, quando passou a mão pelo meu cabelo. Você prometeu quando sussurrei seu nome e você suspirou."

O coração dela disparou. As lágrimas começaram a queimar seus olhos; não por tristeza, mas por vergonha, talvez humilhação. Ela mesma tinha se colocado nessa situação.

"Eu –" ela começou, soluçou e parou.

"Você o quê? Imaginou que eu não fosse levar a sério seus beijos, seus abraços? Pois bem – levei. Não sei me relacionar sem compromisso, tipo, quando a gente sente vontade, se beija e só. Das duas vezes que nos beijamos, achei possível a gente começar um relacionamento sério, ou pelo menos, um relacionamento que possa ser descrito. O que acontece entre a gente não tem nem um nome. E isso me incomoda."

Diogo fez um sinal para o garçom trazer a conta. Em um minuto, o rapaz voltou com a máquina de cartão de crédito. Diogo pagou, levantou-se e puxou a cadeira para Isadora se levantar também.

Ele a levou para casa em silêncio. Na frente do prédio dela, ele deu a volta no carro e abriu a porta para ela descer. Isadora desceu, mas ele não saiu da frente, alto, forte. Ela ficou parada, esperando que ele se afastasse para ela passar. Ela podia sentir o corpo dele tenso. Estava imóvel como uma rocha. Ela ficou sem saber o que fazer. Até de salto, ela se sentia pequena na frente daquele homem. Isadora se sentiu frágil e vulnerável, mas não assustada. Confiava em Diogo sem reservas, até quando seu rosto se mostrava frio como naquele momento.

"Eu –" ela tentou falar, mas as palavras lhe fugiam.

Ela sentiu Diogo relaxar. A expressão do seu rosto suavizou-se. Ele não saiu do lugar e nem a tocou.

"Isadora, desculpa meu desabafo e frustração. O que já disse antes para você, repito – o que quero é muito mais que amizade e gostaria de dar um nome ao que existe entre nós. Não vou fazer pressão porque essas coisas não se resolvem assim. Mas sei que o que sente por mim não é só amizade também. Espero você decidir se quer ou não ter um relacionamento com nome. Enquanto não resolve, o que temos se chama amizade apenas. E nos trataremos como amigos."

Ele se afastou e ela passou por ele com os olhos ardendo e o coração palpitando. Como em um jogo de xadrez, várias áreas da sua vida estavam em xeque. Mas isso não era um jogo e sofreria com as consequências das decisões erradas ou medrosas.

Ela andou devagar até a porta do prédio e sentiu que Diogo a seguia. Antes de abrir a porta, ela se virou para ele e disse:

"Boa noite."

Ele beijou seu rosto. "Boa noite."

Isadora sentiu aquele beijo queimar seu rosto – não importava como ele a tocasse, se de leve ou com mais força, seu corpo reagia com intensidade. Sua mente ficava envolta por um nevoeiro.

Em casa, ela se jogou no sofá se sentindo anestesiada. Dormiu ali mesmo, de roupa, acessórios e maquiagem.

Capítulo 31

No final da semana, Isadora, Diogo e Joe celebraram o término da reforma pedindo pizza para o almoço. Ainda tinham muito o que limpar na casa. Os eletrodomésticos novos foram entregues no prazo assim como as camas extras que usariam nos quartos dos hóspedes – isso se tia Áurea não se desfizesse da casa. Não tinha falado sobre vendê-la, mas também não falava mais do Bed & Breakfast. O único assunto era o noivado na semana seguinte.

Depois do almoço, enquanto Diogo e Joe jogavam os restos de material de reforma na carroceria da pick-up, Isadora limpava a casa. Já tinha conseguido se livrar de parte da poeira, mas agora precisava caprichar na faxina dos banheiros e da cozinha.

Com a ajuda de Joe, ela colocou cortinas novas nos quartos e arrumou os móveis. Áurea chegou no final da tarde com Otávio e não pouparam elogios ao trabalho dos três. Isadora tirou várias fotos com seu celular dos cômodos para mandar para os tios. Eles tinham sido bem generosos financeiramente com ela, o suficiente para pagar seu aluguel e guardar para a viagem. Logo teria que começar a arrumar suas coisas para liberar o apartamento. Esperava que o acordo de deixar seus móveis na casa de Diogo estivesse de pé, mesmo depois de ele ter dito que eram só amigos.

Isadora sentia-se envergonhada de ter dado falsa esperança a ele. Seu relacionamento confuso com Peter embaçou sua visão do que deveria ser um namoro. O que ela tinha vivido com ele era uma relação sem compromisso e sem limites definidos. O que Diogo queria era justamente o contrário – e nada de brincadeiras e joguinhos. Ele tinha deixado nas mãos dela a definição do relacionamento que teriam.

A campainha tocou e trouxe Isadora à realidade. Olhou pela janela do quarto e não reconheceu o carro estacionado na frente da casa. Desceu correndo e abriu a porta. Uma moça alta, loura de cabelo curto, vestida de terninho azul marinho a cumprimentou.

"Boa tarde, sou Ana Lee da Happy Day."

Isadora apertou a mão estendida da moça e franziu a testa. Ana sorriu e disse:

"Dona Áurea nos contratou para fazer a festa de noivado. Estou no endereço certo, não?"

"Claro, ela me avisou que viria. Onde estava com a cabeça? Entre." Isadora fez um sinal para ela entrar.

"Só preciso dar uma olhada na casa para decidir como iremos decorá-la."

"Fique à vontade. Meu nome é Isadora, sou sobrinha de Áurea. Se precisar de mim, estou na cozinha," ela disse apontando para a porta do corredor e deixou Ana sozinha na sala.

Isadora estava limpando a bancada da cozinha quando Diogo entrou.

"Já tirei todo o entulho daqui. Joe está tentando, pela última vez, acabar com o formigueiro."

"Diogo?" A moça loura disse ao entrar na cozinha e deu um largo sorriso.

"Ana!" Em poucos passos, Diogo deu um abraço na moça que sumiu em seus braços. "Há quanto tempo não nos vemos? Três anos? Quatro?"

"Desde que você saiu da empresa."

"E o que faz aqui em Kelowna?"

"Mudei há pouco tempo. Eu e meu irmão temos uma empresa de eventos. Vou fazer o noivado da Dona Áurea."

Isadora observava a animação dos dois com os olhos arregalados. Virou as costas e continuou a limpar a bancada sem se dar conta que limpava em círculos, várias vezes, o mesmo lugar enquanto ouvia a conversa.

"Precisamos colocar o papo em dia. Aqui está meu cartão," Diogo disse.

"O meu aqui."

Isadora não se virou para ver a troca de cartões nem quando os dois foram para a sala. Ouviu as risadas e a animação das vozes, apesar de não conseguir distinguir o que diziam.

Joe entrou com as mãos sujas de terra. "Agora acho que morrem!"

Isadora custou a entender sobre o que ele falava.

"Isadora, algum problema? Você está pálida?"

Ela balançou a cabeça negativamente e continuou limpando o mesmo lugar. Joe aproximou-se dela e disse:

"Quer ir embora que eu termino aqui para você? O resto está todo limpo. Amanhã venho dar uns últimos retoques no jardim e pronto."

Ela fez que sim com a cabeça, pegou a bolsa e saiu da casa sem se despedir de Diogo. Depois passaria uma mensagem para a tia Áurea avisando que Ana tinha ido lá.

******

Em casa, Isadora tomou banho e colocou a roupa mais velha e confortável que tinha – um macacão de malha preto e branco. Passou várias mensagens para a irmã na Itália, mas só teria resposta no dia seguinte. O fuso horário impossibilitava as comunicações que não fossem por texto. Se quisesse falar com ela, teria que ser bem cedo.

Sua cabeça passava e repassava a imagem de Diogo e Ana se abraçando, conversando como velhos amigos. Seu estômago parecia que tinha dado um nó. *Ele está se cansando disso tudo,* ela pensou, sentindo uma grande falta de ar.

Isadora abriu seu laptop na mesa da varanda e tentou distrair a cabeça com o trabalho, mas as imagens voltavam. Começou a esboçar alguns artigos para a Associação de

Portugueses e, por um tempo, conseguiu se concentrar. Tinha digitalizado algumas das fotos e notícias de jornais para colocar no website da associação. Trabalhou por duas horas e, esgotada, pediu uma pizza. Não queria cozinhar. Não tinha forças para isso. Depois ficaria ouvindo música até cair no sono.

No estudo da semana, seu pequeno grupo continuou falando sobre o fruto do Espírito e Isadora lembrou-se da conversa que teve com Diogo na semana anterior na casa dele. Ela começava a perceber que Deus a estava testando em várias áreas também. Sabia que falhava de várias formas principalmente quando não era verdadeira. No estudo, ela começou a considerar que usava a desculpa de estar confusa para não tomar decisões, em particular aquelas que exigiriam uma mudança maior das suas atitudes e que a levassem por um caminho que não estava preparada para trilhar.

Apesar de estar magoada com Diogo, no fundo sabia que ele estava certo – não dava para fazer esse joguinho romântico. Ou tinham um relacionamento homem/mulher ou não tinham. Se não tinham, ela não podia esperar nada dele. E ele estava livre para procurar outra pessoa, como Ana. Os dois pareciam se conhecer bem; e se dar bem também. Não era honesto ela ficar no caminho dando falsa esperança para ele. Não era tão desligada assim que não soubesse que os beijos que trocaram indicavam, pelo menos da parte dele, algo mais sério.

Na última conversa séria que tiveram, Diogo deixou claro que o que havia entre eles seria tratado como amizade até que ela indicasse que era mais do que isso. Apesar de Isadora desejar a proximidade dele, ela se lembrava de que, aos olhos de Deus, relacionamento dependia de compromisso e que Diogo tentava ser coerente com essa verdade. Ela não tinha direito de querer dele o que ele sabia que não era correto. No fundo, Isadora o admirava ainda mais por isso.

Justamente por essa causa ele não fez o joguinho de Jessica.

A pizza chegou e Isadora só conseguiu comer uma fatia. Diogo diria que ela estava triste porque tinha comido pouco. Como ele reparava em coisas que ela mesma nunca tinha notado?

Ela guardou a caixa de pizza na geladeira e foi para seu quarto. Colocou uma seleção de música e logo se cansou dela. Baixou algumas das músicas de louvor que tinha ouvido na casa de Diogo; naquele dia especial – o dia que ela desejou que nunca terminasse.

E lembrou-se, de novo, do desenho que ele tinha feito dela nos fundos da casa dele – ela de cabelo solto, de roupa de frio. Será que ele idealizava o futuro? Isadora não tinha uma resposta. Precisava buscar em Deus.

Uma força irresistível a fez ajoelhar-se ao lado da cama. Orou. Orou por ela. Por Diogo. Por tia Áurea e seu noivado. Pela casa. Pelo seu trabalho e até por Jessica. Derramou seu coração diante de Deus e chorou. Queria ser uma mulher transformada, cheia do fruto do Espírito. Desejava ser consistente com a maravilhosa verdade de Deus que deveria permear todas as áreas da sua vida. Não soube quanto tempo passou ajoelhada, mas já estava escuro quando levantou a cabeça.

Tinha muita coisa para acertar na sua vida. Achava que só porque não fazia nada errado ou ilegal que era uma pessoa justa. Não estava sendo justa nem consigo, muito menos com Diogo. Ele tinha aberto seu coração para ela e ela o tratou com leviandade. Como ela podia fazer isso com ele? Ela lhe devia, pelo menos, um pedido de desculpa.

Isadora foi tomada de uma convicção de que não estava agindo de forma honesta nem com ela, nem com Diogo. Nunca cresceria se não agisse com coerência.

Sentindo-se melhor e mais alerta, decidiu trabalhar mais um pouco nos artigos sobre os portugueses no vale. Ela pulou na cama e cruzou as pernas em cima da colcha macia.

Abriu o laptop e uma ideia fantástica lhe ocorreu. Pegou o telefone e mandou uma mensagem para Diogo perguntando se ela poderia ir ao pomar dos pais dele no dia seguinte tirar algumas fotos. A troca de mensagens foi em um tom quase profissional. Por fim, ele respondeu que tinha entrado em contato com seus pais e que eles a esperariam para o almoço. Ele não disse se iria junto, mas ela deduziu, pela frieza dele, que não.

Antes de pegar no sono, Isadora pensou que talvez tivesse que recomeçar várias áreas da sua vida da estaca zero. Trataria Diogo como se o tivesse conhecido naquele momento, mas dessa vez deixaria se levar por seu coração. O resto ela decidiria aos poucos.

Capítulo 32

Isadora foi recebida de braços abertos e uma mesa farta na casa dos pais de Diogo. Seu Marques e Dona Maria a deixavam constrangida com tanto carinho. Manoela e Lucas chegaram logo em seguida e foram todos para a cozinha. Isadora não sabia por qual prato começar e, quanto mais comia, mais Dona Maria enchia seu prato.

"Mãe, calma," disse Manoela. "A coitada vai estourar."

Dona Maria riu e balançou a mão como se aquilo fosse bobagem e colocou mais um pedado de carne no prato de Isadora que deu de ombros e enfiou o garfo na suculenta carne.

Depois do almoço, Isadora saiu com Manoela para o pomar. Ela tirou várias fotos e ficou impressionada com o conhecimento da irmã de Diogo a respeito do sítio, não só da administração, mas da produção e venda de produtos hortifrúti.

"Essa é minha vida. Cresci aqui e ainda trabalho com meu pai," Manoela explicou.

"Deve ser um privilégio ver essas árvores crescerem, dar frutos e alimentar tanta gente."

Isadora pensou na metáfora do fruto usada na Bíblia. O bom fruto era assim: crescia e nutria outros. Sentiu uma grande alegria por ter decidido recomeçar nas áreas que não estavam bem ajustadas na sua vida.

Diogo.

O relacionamento com ele teria prioridade nesse recomeço. Seu coração deu um salto quando pensou naquele homem íntegro, determinado, carinhoso e sexy.

Manoela deu mais detalhes sobre a produção enquanto Isadora tirava fotos e anotava as informações no telefone.

Quando Isadora achou que já tinha um bom número de fotos, Manoela a chamou para se sentar na varanda. Um conjunto de cadeiras de vime em volta de uma mesinha ficava bem no canto da varanda à sombra de uma árvore frondosa. Isadora sentou-se debaixo de um galho florido e de suave cheiro.

"A vovó mandou trazer isto," disse Lucas carregando uma bandeja com uma jarra de limonada e copos.

"Obrigada, filho."

O menino saiu logo em seguida arrastando uma vara no chão de terra.

"Ele é um amor. Deve ser difícil criá-lo sozinha. Diogo me falou do seu ex-marido," Isadora disse. Fez uma pequena pausa, entrelaçou os dedos e continuou: "Desculpa se estou me intrometendo."

"Não tem problema. Não ligo de falar sobre isso. Aliás, uso minha história para alertar outras moças que pensam em se casar."

"Como assim?" Isadora perguntou e encheu dois copos com limonada. Entregou um para Manoela.

"Eu me casei sem muita convicção. Achava que estava apaixonada, mas na verdade me apaixonei pela ideia de me casar. Não quis ver o lado negro do meu ex-marido. Ou quis me enganar, porque no fundo eu sabia que não era uma pessoa de caráter."

"E o que você diz para as moças que querem se casar?"

"Que observem bem o caráter do rapaz. Como ele trata a família e as outras mulheres de sua vida – mãe, irmãs, amigas, colegas? Como ele lida com compromisso, principalmente de relacionamento? Mark nunca me tratou com gentileza. Levava nosso namoro como se eu fosse um amigo do bar – vinha quando queria e nunca dava satisfação de nada. O que eu podia esperar de um homem assim? Não pensou duas vezes quando deixou o próprio filho."

Isadora bebeu a limonada, mas seus olhos estavam fixos em Manoela. "E como Lucas lida com isso?"

Manoela sorriu. "Ele é um amor. Nunca reclama de nada. Ele se sente muito amado por meus pais e por Diogo. Meu irmão é como um pai para ele – os dois conversam muito de homem para homem; ele é a figura paterna de Lucas, o que me deixa muito feliz, afinal, não conheço homem mais íntegro que Diogo."

O coração de Isadora deu um salto. *Que burra! Por que desprezava um homem assim?* Sentiu vontade de pegar o carro e correr até ele, pedir perdão.

Recomeçar. Era isso! Tinham que recomeçar.

"Isadora? Está tudo bem? Você perdeu a cor." Manoela sentou-se na beira da cadeira preocupada.

"Manoela, acho que fiz a maior besteira da minha vida." Isadora deixou o copo na mesinha, esfregou as mãos e abaixou a cabeça.

"Mas o que foi?"

"Tenho tratado seu irmão de forma leviana!" Isadora sentiu grande angústia quando olhou para Manoela e viu sua expressão de confusão.

"Como assim?"

Abrindo seu coração, Isadora contou tudo o que já tinha acontecido entre os dois. Aquilo era um pedido de socorro, mas também uma confissão. Precisava desabafar e ouvir sua própria voz confessando o que tinha feito de errado.

Manoela falou e Isadora sentiu-se grata por não ser num tom de condenação.

"Imagino sua confusão. Acho que tem muita coisa na sua cabeça. Mas, pelo que você está me explicando, Deus está convencendo você do que precisa mudar. Isso é muito bom, Isadora."

"Mas, Manoela, magoei seu irmão!" Uma lágrima escapou.

"Meu irmão é mais forte do que você imagina. E persistente. Tenho certeza de que, quando conversar com ele, ele vai esquecer todo esse mal-entendido."

"Você acha?" Isadora enxugou a lágrima.

"Sem dúvida!"

No final da tarde, Isadora despediu-se da família Marques com grande pesar. Por insistência deles, ela prometeu voltar em breve. Sem querer, ela ouviu uma conversa da irmã com Diogo no telefone e descobriu que ele estava na casa da colina. Quando pegou a estrada, Isadora decidiu parar na casa que ficava logo na entrada de Kelowna.

Foi orando e ouvindo as músicas de louvor que tinha ouvido na casa de Diogo. Seu coração estava tão acelerado quanto o carro. Teve que tirar o pé do acelerador várias vezes com medo de levar uma multa, mas seu coração não desacelerava. O sol se punha quando ela deu seta para entrar na estrada que dava para a casa. Depois de uma curva, viu as luzes pelas janelas. Seu coração disparou. Iria pedir perdão a Diogo e oferecer um recomeço. Pensaria nos planos de viagem mais tarde e ajustaria seu trabalho de forma a dar prioridade ao seu relacionamento com aquele homem que tinha se tornado tão especial para ela.

Isadora diminuiu a velocidade ao passar pelo portão da propriedade. O barulho de pneu no caminho de brita chamou a atenção de Pogo que apareceu latindo vindo de trás da casa. A pick-up de Diogo estava parada no fundo do terreno e, quando Isadora fez a volta para estacionar, viu um segundo carro parado rente à casa. Ela começou a manobrar seu carro para ir embora despercebida quando Diogo apareceu na varanda tentando identificar, na penumbra, quem era o visitante.

Isadora acelerou quanto viu Ana saindo da casa e se colocando ao lado de Diogo.

Capítulo 33

O telefone vibrou no seu bolso da calça, mas Isadora não atendeu. Segurava o volante com mãos trêmulas. Entrou na estrada principal e pisou fundo no acelerador. Logo avistou as luzes de Kelowna e diminuiu a velocidade. Seu telefone vibrou novamente. Ignorou. Não queria parar para ver quem era.

Chegando em casa, viu três chamadas de Diogo e uma mensagem.

Era você aqui em casa há pouco?

Por que ele se importava em saber se era ela? Estava muito bem acompanhado. Isadora não ligou de volta e nem respondeu à mensagem. Não queria dar a impressão de namorada ciumenta – se bem que ela não era namorada de Diogo e, pelo visto, nem seria – então precisaria dar alguma desculpa por ter saído às pressas. Ele sabia que era ela. Conhecia seu carro e não deveria receber tantas visitas assim que não identificasse a visitante.

Naquele momento, precisava mesmo era de um bom banho. Suas roupas estavam amassadas, suadas e empoeiradas do passeio no sítio dos pais de Diogo. Era impressionante como, em um momento, ela se encheu de esperança conversando com Manoela e, no outro, ela se sentiu como um balão que tinha acabado de ser furado.

Ela saiu do chuveiro e enrolou o cabelo na toalha. Vestiu seu roupão e foi para cozinha esquentar um pedaço de pizza do dia anterior. Tudo voltou à estaca zero – saíra de casa triste, encheu-se de alegria no sítio e voltou para casa sentindo-se derrotada. O que Deus queria dizer para ela? Paciência? Domínio-próprio?

Decidiu dar uma de mulher madura e respondeu à mensagem de Diogo.

Era eu sim, mas vi que estava com visita. Estava voltando da casa dos seus pais e resolvi dar uma parada para contar como foi meu dia no sítio. Conversaremos outra hora.

Ela ficou olhando para o visor, esperando uma resposta. Nada. Talvez estivesse ocupado ainda com Ana.

Isadora comeu a pizza, já com um gosto rançoso, e procurou uma garrafa de água com gás. Não achou. Precisava passar no mercado com urgência. A geladeira estava quase vazia. Comeu uma mexerica meio murcha que achou na gaveta de legumes e foi para a sala baixar as fotos do seu celular no laptop. Da próxima vez que fosse ao sítio, levaria sua máquina fotográfica porque queria detalhes melhores de alguns lugares específicos. Por enquanto, aquelas fotos serviriam bem como inspiração para os artigos que escreveria para o website da Associação de Portugueses.

Depois de duas horas editando as fotos e esperando uma resposta de Diogo, Isadora se cansou e foi para cama. Fez uma oração pedindo a Deus calma e sabedoria. Uma onda de paz tomou conta do seu coração. Lembrou-se das palavras de Manoela sobre a integridade do irmão e entendeu que essa situação estava no controle de Deus. Pela primeira vez, Isadora conseguiu se livrar do peso de ter que decidir algo que estava completamente fora do seu controle. Orou pela situação da casa da tia Áurea e entregou isso para Deus também. O sono chegou para Isadora como se dois braços grandes a embalassem como uma mãe embala seu bebê.

******

O dia ensolarado de domingo foi, em parte, responsável pelo ânimo de Isadora. No culto, o pastor continuou a série de pregações sobre o fruto do Espírito e ela anotou o que seria discutido no grupo de estudo da semana. No final, a turma a convidou para almoçar fora, mas ela recusou, prometendo, no entanto, encontrar-se com eles na praia no meio da tarde.

Depois do almoço, Isadora trabalhou mais um pouco nos seus artigos e, usando algumas das fotos do sítio dos Marques, escreveu um texto especial sobre os pomares do Vale do Okanagan. Ficou satisfeita com o resultado quando os publicou.

Uma hora depois, Isadora recebeu uma mensagem de Manoela dizendo que ela e a família tinham lido o artigo e gostado muito. Isadora ficou pensando se Diogo tinha lido também. Ele ainda não tinha respondido à sua mensagem, mas ela decidiu que não deixaria que isso a desanimasse. Arrumou sua mochila, trocou de roupa e saiu para se encontrar com os amigos na praia.

Os termômetros já indicavam 35º C e Isadora ficou a maior parte do tempo na água, nadando. Jonathan era sempre o mais animado do grupo que tinha aumentado na última semana com a chegada de um casal recém-casado.

"Isadora, já experimentou o paddleboard?" Jonathan perguntou quando saíram da água.

"Uma vez. Acho que meu equilíbrio não é muito bom," ela riu e torceu o cabelo molhado.

"Vamos alugar um que dou umas dicas."

Foram juntos até a barraca de aluguel de equipamento esportivo convenientemente localizada na areia, debaixo de umas árvores.

Na primeira tentativa de se equilibrar no paddleboard, Isadora caiu. Jonathan subiu na prancha e mostrou para ela a melhor posição dos pés para manter o equilíbrio. Ela tentou novamente e conseguiu remar por um longo trecho. Quando achou que já tinha adquirido confiança, voltou com Jonathan na barraca e alugou uma prancha para si.

Apontando numa direção, Jonathan falou:

"Vamos remar até lá na boia; depois a gente vai mais distante se quiser." O rapaz musculoso de cabelo louro foi na frente, mas parava de vez em quando para dar umas dicas para Isadora que estava adorando a liberdade de flutuar sobre as águas.

Isadora sentia o calor do sol no seu corpo já bastante bronzeado e sorria pelo simples fato de estar viva. Varreu os olhos pela imensidão do lago e das montanhas ao fundo, e pensou que, mais uma vez, o presente a surpreendia. Já fazia uns três dias que não se comunicava com a irmã para planejar sua viagem. Kelowna, seu novo trabalho com o website, o término da reforma, os novos amigos e a entrega dos seus problemas para Deus prendiam Isadora no presente. Deixaria o futuro para lá por enquanto.

"Quer ir mais longe?" Jonathan perguntou apontando para outro lado. Isadora o seguiu prontamente. Uma revoada de gansos passou por cima dela na típica formação em V. Ela riu do barulho que faziam, como cornetas.

Ela e Jonathan deram uma longa volta e retornaram à praia. Quando Isadora foi descer da prancha, girou em falso e caiu de costas na água. Em um minuto, Jonathan estava ao seu lado a ajudando a se levantar.

"Um mergulho e tanto," ele riu enquanto a segurava pela cintura. Ela tossiu e tentou tirar o cabelo do rosto. Quando conseguiu, viu Diogo bem à sua frente. Jonathan a soltou e o cumprimentou.

"Vou devolver minha prancha. Quer devolver a sua também?" o rapaz lhe perguntou.

"Deixa que levo a minha depois," Isadora respondeu olhando de Jonathan para Diogo.

"Eu vou com você," Diogo interrompeu.

Jonathan saiu carregando seu paddleboard e Isadora permaneceu na água. Diogo puxou a prancha dela para a areia. Sua expressão era enigmática, o que deixou Isadora confusa e ansiosa. Por que ele teria vindo falar com ela? Explicar sobre seu relacionamento com Ana?

Isadora procurou palavras para dizer alguma coisa, mas não sabia se o que falaria faria sentido. Decidiu que ficar calada era a melhor opção no momento e foi andando ao lado de Diogo para a cabana devolver a prancha. Ela segurava o remo como se sua vida dependesse daquilo, com os dedos apertados. Diogo carregava a prancha e mantinha o olhar fixo à sua frente. Devolveram o equipamento e caminharam até a beirada da água. Isadora cruzou os braços quando se deu conta que usava só o biquíni. Pensou em buscar uma camiseta, mas seus pés estavam plantados na areia.

"Manoela me falou que tiveram um bom dia ontem no sítio," ele disse olhando para as montanhas à sua frente. Isadora olhou de relance para ele e respondeu:

"Foi muito bom. Tirei várias fotos e postei algumas no blogue."

"Eu vi. Gostei do que escreveu."

Silêncio. Os gansos voltaram e pousaram na água fazendo o escandaloso barulho de corneta.

"Acho que me senti inspirada conhecendo melhor o trabalho que sua família faz no sítio."

"Manoela me falou que conversaram bastante."

Isadora olhou para ele tentando decifrar seu semblante. Tristeza? Desânimo? A vontade irresistível de passar a mão naquele rosto foi impedida pelo medo de ser rejeitada. Sua pele arrepiou-se com uma rajada de vento que trazia algumas nuvens escuras.

Isadora ficou surpresa quando, sem olhar para ela, ele disse:

"Você está com frio. Quer pegar sua roupa?"

Como ele sempre sabia quando ela estava com frio, triste ou alegre? Ela disse um fraco sim e foram até o lugar onde o resto da turma estava reunida. Diogo os cumprimentou e Isadora puxou a camiseta e o short da mochila, vestindo-se o mais rápido que pôde. As grossas gotas que caíram do céu acabaram dispersando o grupo. As pancadas de chuva da tarde não tinham o menor constrangimento de acabar com a alegria dos banhistas.

Jonathan fez algum comentário sobre a habilidade dela no paddleboard e se despediu. Seus amigos foram

189

embora deixando Isadora e Diogo sozinhos, debaixo de uma grande árvore.

"Vamos sair daqui. O pior lugar para se ficar quando os relâmpagos começam é embaixo de uma árvore."

Sem saber o que fazer, Isadora foi andando em direção ao seu carro. Diogo a segurou pelo braço e perguntou:

"Você vem amanhã me ajudar na casa? Preciso de ajuda na cozinha."

Ela pensou que ele estava falando da casa da tia Áurea, mas deu-se conta de que ela já estava pronta. Tinha se comprometido em ajudá-lo na própria casa. "Você ainda quer minha ajuda?"

Ele olhou para ela com a testa franzida. "Por que não iria querer?" Ela deu de ombros. Ele soltou seu braço. "A não ser que você não queira."

"Vou sim. Posso chegar às nove?"

Ele disse que sim e se despediu depois que a deixou no carro. Ela deitou a cabeça no volante. Ficou ali por um bom tempo ouvindo a tamborilar da pesada chuva que começara a cair e com a respiração descompassada como se tivesse acabado de correr.

Capítulo 34

Isadora deu um suspiro de alívio quando chegou ao topo da colina e só viu a pick-up de Diogo estacionada ao lado da casa. Ela parou seu carro ao lado do dele e Pogo veio recebê-la. Afagando o pescoço do cachorro, ela perguntou:

"Cadê seu dono?"

O cachorro latiu e correu para os fundos da casa como resposta. Ela o seguiu fazendo barulho na brita em contato com seu tênis. O cheiro de terra molhada da chuva da noite tinha aquele poder de relaxá-la. O dia amanhecera fresco, mas o sol já avisava que iria castigar a pele desprotegida. De camiseta e short, Isadora balançava os braços para secar o protetor solar que tinha acabado de passar quando parou o carro. A perna ainda estava esbranquiçada e ela se inclinou para tirar o excesso do creme.

Diogo apareceu com Pogo dos fundos da casa. Ele trazia duas canecas e deu uma para Isadora.

"Achei que iria precisar disso," ele disse.

O aroma do café e o cheiro de terra animaram seu espírito. Ela bebeu o líquido quente e disse:

"Parece que leu meu pensamento. Não tive tempo de tomar café e fiquei com preguiça de parar no caminho para comprar."

Quem olhasse aquele corpo bronzeado e o cabelo com mechas mais claras coloridas pelo sol pensaria que ela passava o dia na praia sem qualquer outra preocupação. Mas sua mente continuava com um emaranhado de perguntas. Precisava entregar aquele dia para Deus.

"Venha, quero te mostrar uma coisa," ele a puxou pela mão e entraram na casa acompanhados de Pogo. Isadora soltou um gritinho quando viu a cozinha. "Que linda! Como conseguiu fazer isso tudo?"

"Meu fiel amigo e primo, Joe. Passamos o dia todo ontem por conta disso."

Ela olhou para o revestimento de parede, o que ela tinha escolhido, de acrílico cinza azulado, a pia enorme, os armários brancos acetinados e piso claro e pensou que não poderia existir cozinha mais elegante. Com as mãos no rosto ela disse:

"Diogo, está muito mais bonita do que imaginei que ficaria!" Ela passou a mão pelo revestimento suave da parede, absorvendo seu frescor.

"Que bom que gostou!"

"Mas você disse que precisava da minha ajuda para acabar a cozinha?"

"Eu disse que precisava de ajuda na cozinha. Não tenho nada nos armários," ele disse abrindo cada porta e gaveta. "Quero saber se pode me ajudar a escolher pratos, panelas, essas coisas."

Ela quase perguntou se não preferia que Ana fizesse isso, mas sentiu como se uma mão tivesse tapado sua boca. "Agora?"

"Agora," ele respondeu e tirou a chave do carro do bolso do short. "Vamos?"

Ao ouvir a chave do carro, Pogo latiu.

"Não, você fica. Está muito quente para esperar no carro e preciso de alguém para cuidar da casa," Diogo disse e bateu de leve na cabeça do cachorro. Pogo abaixou as orelhas em frustração. Isadora riu da cena.

Diogo fechou a casa, deixando as janelas abertas para que Pogo não ficasse confinado. Ele e Isadora entraram no carro e pegaram a estrada.

Passaram toda a manhã indo às lojas escolhendo louça, panelas e uma lista sem fim de itens de cozinha. Quando achavam que já tinham pegado tudo, lembravam-se de panos de prato e outras quinquilharias como abridores de lata, saca-rolhas e potinhos.

Com o carro cheio, começaram a rir quando se deram conta de que as panelas não teriam utilidade se não tivesse comida em casa. Pararam no mercado e compraram alguns itens básicos. Comeram um lanche rápido na rua e voltaram para casa.

Quando colocaram todas as sacolas no chão da cozinha, começaram a rir.

"Estou começando a achar que vou precisar colocar mais armário," Diogo disse.

"Talvez. Vamos ver," Isadora disse abrindo uma das portas para guardar a louça.

Ela arrumou a louça, os talheres, copos e tudo mais que compraram no armário bem dividido. Por fim, ela e Diogo ficaram satisfeitos com o resultado e por não precisarem de mais espaço.

"Sabe o que falta? Uns itens de decoração e umas flores," ela disse.

Diogo a pegou pela mão e a puxou para o quintal. Um arbusto enorme com flores vermelhas crescia nos fundos da casa.

"Que lindas!" Isadora pegou o telefone do bolso do short e tirou umas fotos.

Eles colheram algumas flores e as levaram para a cozinha. Tirando uma jarra de suco do armário, Isadora a encheu de água e arrumou o buquê. Colocou o vaso improvisado na ilha que separava a área da cozinha da sala.

"E agora? O que vamos fazer?" ela perguntou.

"Agora," ele disse pegando duas taças de vinho, "vamos celebrar com um bom vinho do nosso Vale do Okanagan."

Nosso Vale, Isadora repetiu em pensamento e seu coração acelerou-se.

Ele tirou uma garrafa de vinho branco da geladeira e encheu as taças. "Um brinde ao nosso trabalho."

"Mas eu não fiz nada!"

"Se não tivesse feito, não estaríamos bebendo vinho num copo decente. Eu nunca conseguiria comprar isso tudo num dia só. Talvez usaria utensílios descartáveis por muito tempo."

Brindaram e deram um gole do vinho gelado.

"Vamos para o quintal," ele disse e a puxou pela mão.

Como estava muito quente, Diogo puxou as duas espreguiçadeiras para debaixo de uma árvore e as posicionou para que eles tivessem a melhor vista do seu vale.

Capítulo 35

Pogo latia e corria atrás de dois corvos que insistiam em procurar comida no pátio onde Isadora e Diogo conversavam bebericando o vinho. Eles riam do empenho do cachorro em proteger seu dono e sua visita dos pássaros negros.

"Ele não vai desistir enquanto os corvos não sumirem daqui," Diogo disse. Isadora olhou para ele e notou que seu semblante tinha mudado – estava sério. "Isadora, conhece Jonathan há muito tempo?"

Ela franziu a testa. "Não. Somos do mesmo grupo de estudo bíblico. Por quê?

"Ele parecia bem à vontade com você."

"É um bom amigo, assim como o resto da turma."

Silêncio.

Ela aproveitou a oportunidade e perguntou depois de um tempo:

"E Ana?"

Ele olhou para ela com cara de espanto. "Ana? Trabalhamos juntos um bom tempo."

"Ela também parecia bem à vontade com você no sábado quando cheguei aqui."

Diogo girou o corpo na espreguiçadeira, colocou os pés no chão, a taça na mesinha e olhou firme para Isadora.

"Você se lembra do que disse que não faço joguinho? Enquanto não temos um nome para nosso relacionamento, continuo esperando. Sozinho. Ana era minha colega de trabalho. Nada mais. No sábado, quando você passou aqui, ela tinha vindo me trazer uns livros que tio Otávio me deu. Ela passou a tarde com sua tia e meu tio planejando a festa e, como vinha para esses lados, meu tio pediu que ela me entregasse os livros. Ela entrou para ver a casa e não ficou nem meia hora. Foi só."

O coração de Isadora deu um salto. Por que não aprendia a confiar nele? E onde estava sua determinação de propor para ele de recomeçarem da estaca zero?

Ela se sentou também com os pés no chão, de frente para ele. Colocou sua taça ao lado da dele. "No sábado, tive uma conversa com sua irmã. Eu me senti envergonhada de tratar você com tão pouca consideração. Olhei sempre meu lado, meus próprios questionamentos e não tratei você com o respeito que merece." Isadora sentiu seu rosto queimar com a intensidade do olhar de Diogo. Ela puxou o rabo de cavalo e logo o largou. "Quando saí do sítio dos seus pais, vim para cá preparada para dizer –" ela gaguejou.

"Dizer o que, Isadora? Fale." Ele sussurrou.

"Dizer que queria recomeçar do jeito certo."

"E o que quer dizer com recomeçar do jeito certo, Isadora?"

Quando ele repetia seu nome – e ela não sabia se ele fazia de propósito – seu coração acelerava.

"Como se estivéssemos nos conhecendo agora. Deixando o que passou para trás e aproveitando o presente sem medo do futuro."

Diogo sorriu. Isadora sentiu seu coração derreter. Ele estendeu a mão para ela, como um cumprimento. Ela pegou a mão dele e ele disse:

"Prazer, meu nome é Diogo."

Ela sentiu uma onda morna passar por todo o seu corpo e respondeu:

"Isadora. Prazer em conhecê-lo."

Ele pegou as duas taças da mesinha, entregou a dela e brindaram. Pogo latia alucinado tentando espantar os corvos. Isadora e Diogo riram, deitando-se de volta nas espreguiçadeiras e assistiram ao pôr-do-sol.

Capítulo 36

Os preparativos para o noivado da tia Áurea encheram a agenda de Isadora. Ela própria estava animada com a celebração de tanto que a tia contava os detalhes da decoração, da comida e dos convidados, a maioria que viria de Vancouver. Os parentes de Otávio moravam quase todos no vale e até os pais de Diogo viriam junto com Manoela e Lucas.

Isadora fazia as coisas como se estivesse em perpétuo estado de alegria. Ter se acertado com Diogo era o maior motivo de sua felicidade. Iria deixar que o tempo e a proximidade definissem o rumo do seu relacionamento. Tinha falado pouco com sua irmã e fazia menos planos de viagem. *O presente*, Isadora pensou, *isso que importava agora.*

Ana se fazia mais presente na casa da tia, onde Isadora passava a maior parte do tempo. Uma nova amizade começou a brotar entre elas. A festa seria na quinta-feira, o que daria à Isadora e Ana apenas mais um dia para finalizar todos os preparativos.

Áurea e Otávio tinham marcado o casamento para o mês seguinte. Decidiram que se casariam no civil e fariam uma pequena cerimônia na igreja no mesmo dia. A grande festa seria o noivado, na quinta-feira.

No jardim da casa, Isadora e Ana conversavam sobre onde ficaria a tenda branca, o lugar onde seria servida a comida.

Joe interrompeu o trabalho das duas segurando mais um galão de veneno. "Acho que agora consigo acabar com as formigas."

"Espero que sim, porque a festa é amanhã," Isadora disse.

"Se a tenda vai ficar para lá, o formigueiro não atrapalha. As formigas preferem fazer o caminho por aqui," ele disse apontando para um caminho que dava para o quintal.

Isadora ouviu o barulho da pick-up de Diogo e correu para a estradinha para recebê-lo. Ele desceu do carro e deu-lhe um beijo afetuoso no rosto. "Trouxe a tenda. A gente deixa na garagem até amanhã caso chova ou vente muito, mas a previsão é de tempo bom."

Joe veio correndo e ajudou o primo a descarregar a pick-up. Os dois deixaram o material na garagem e foram para o jardim com Isadora conversar com Ana.

Isadora ouviu outro barulho de carro e esperou o visitante descer do automóvel. O carro branco e as pernas longas que desceram dele não deixavam dúvida de quem era. Joe olhou para Isadora, enfiou as mãos no bolso e deu um sorriso maroto. "Deixa ela comigo."

Isadora e Diogo ficaram olhando para o primo que se aproximava de Jessica com um grande sorriso – seu novíssimo sorriso branco.

Os dois trocaram umas palavras que Isadora não ouviu e aproximaram-se do resto do grupo. Jessica olhou para Isadora com desdém e agarrou o braço de Diogo.

"Vim ver se precisam de ajuda," ela falou com voz rouca, olhando para Diogo.

Isadora sentiu como se uma bola de fogo estivesse subindo pelo seu esôfago.

Joe puxou Jessica pelo braço e disse:

"Na verdade, a gente precisa de ajuda sim. Vem comigo."

Jessica foi levando o braço de Diogo junto, mas ele pisou firme e não saiu do lugar.

"Quem é essa peça?" Ana perguntou ao se aproximar.

"Uma pessoa muito confusa," Isadora respondeu.

Joe puxou Jessica até o canto da casa. Isadora teve a impressão de que Jessica se interessava pelo que Joe estava falando. De repente, viu horrorizada a prima pular e bater as mãos nas pernas desesperada, gritando. Joe a tinha levado para cima do formigueiro e um exército de formigas atacava a invasora.

Isadora botou a mão na boca para não rir e Diogo correu até lá e puxou a moça da zona de guerra. Isadora e Ana assistiram à tentativa de Jessica de se livrar dos insetos e ao banho de água fria que Joe deu nela com a mangueira.

Diogo puxou a moça para o lado e repreendeu o primo com um discreto sorriso. Isadora aproximou-se de Jessica e disse:

"Acho melhor você passar na farmácia e comprar um remédio. Amanhã na festa sua perna estará cheia de calombo."

"Vocês são loucos!" Jessica gritou.

Ela saiu passando a mão no cabelo molhado e puxando a saia justíssima que tinha grudado no corpo. Entrou no carro e arrancou deixando uma nuvem de poeira atrás de si.

Isadora, Ana e Diogo se entreolharam por um instante e voltaram a atenção para Joe.

"Acho que agora as formigas sossegam," Joe riu e jogou mais veneno no formigueiro.

******

No final do dia, Isadora deu um pulo no shopping para procurar um vestido leve para o evento do dia seguinte. A temperatura tinha subido mais e não queria nenhuma roupa lhe incomodando.

Rodou e não achou nada. Já ia desistir quando encontrou, no fundo de uma loja, um vestido tomara-que-caia azul hortênsia de renda com a saia rodada à altura do joelho. Isadora procurou um sapato que não fosse muito alto e achou uma sandália branca acetinada. Comprou um presente para a tia, um porta-retratado sofisticado para colocar uma cópia da foto dela com Otávio quando ainda eram jovens.

A tia não tinha falado mais nada sobre o Bed & Breakfast e Isadora não perguntou, mantendo a decisão de que iria deixar o futuro cuidar de si. Ou melhor, Deus cuidar do seu futuro.

Isadora dormiu feliz depois que recebeu uma mensagem carinhosa de Diogo dizendo que estava ocupado arrumando seu apartamento para receber os pais, a irmã e o sobrinho, mas que a veria na festa e que ela reservasse a primeira dança para ele.

Capítulo 37

O tempo tinha esquentado bastante e Isadora ficou com pena da prima que era a única mulher de calça comprida na festa de noivado. De vez em quando, ela via Jessica coçando a perna discretamente.

Ana tinha caprichado na decoração em tons de branco e vinho. Isadora recebeu seus parentes que se impressionaram com o trabalho que ela tinha feito na casa. Ela os levou aos quartos e elogiaram muito o banheiro novo. Eles quiseram conhecer Diogo e Joe, mas Isadora não os encontrou.

Áurea estava radiante de vestido vinho longo de seda. Seu cabelo, num penteado perfeito, dava a ela uma aparência bem mais jovem. Otávio apresentava a noiva ao resto da família e Isadora imaginou, enquanto os observava, quantas décadas se passaram até que os dois finalmente ficassem juntos. Esperava que ela e Diogo pudessem logo se acertar. O fato de ter que entregar seu apartamento ao proprietário complicava um pouco sua situação.

Apesar da música alta, Isadora ouviu o barulho da pick-up de Diogo. Ela foi para a frente da casa e viu mais um carro parando logo atrás do dele. Diogo desceu primeiro e correu para abrir a porta do carro menor. O coração de Isadora deu um salto ao olhar aquele homem forte de calça cinza chumbo e camisa branca. Ela segurou uma mecha do cabelo enrolado e aproximou-se do grupo. O olhar de Diogo viajou por ela dos pés à cabeça. Ele se inclinou um pouco, próximo ao ouvido dela, e sussurrou:

"Linda!"

Seus joelhos bambearam, mas correu para abrir a porta do carro e receber Dona Maria. Diogo ajudou o pai a descer e Lucas correu para o jardim para procurar os primos.

"Que festança," Manoela disse e abraçou Isadora. "Você está linda!"

Isadora sorriu e subiu as escadinhas da frente da casa de braços dados com Dona Maria e Áurea os recebeu de braços abertos, exalando um perfume novo, mas também muito forte.

"Ah, finalmente nos encontramos. Venham ver o trabalho que seu filho e seu sobrinho fizeram com a Isadora."

Entraram conversando animadamente sobre as reformas. Diogo passou por Isadora e a enlaçou pela cintura brevemente. "Não esqueça que a primeira dança é minha." Ele foi para perto dos pais deixando uma corrente elétrica passando pela cintura da moça.

Os pais de Isadora chegaram com outros tios e foram ver as reformas no segundo andar. A movimentação na casa era grande e Isadora ouvia os comentários com grande satisfação. A casa tinha mesmo ficado linda. Tia Áurea tinha dado uns últimos retoques na decoração que transformaram até o mais simples dos quartos em um requintado ambiente.

No entra e sai dos cômodos, Isadora teve a oportunidade de apresentar seus pais aos pais de Diogo. Os quatro conversaram animados sobre a decoração da casa e dos filhos.

Cansada do tumulto, Isadora desceu para a cozinha. Logo sua mãe apareceu.

"Por que Jessica está de calça comprida? Adora mostrar as pernas." Lúcia riu com o próprio comentário.

Isadora contou-lhe a história do formigueiro.

"Vamos ver se ela sossega agora," Lúcia disse e foi para o quintal com o restante da família.

Isadora ficou encostada na pia. Sentiu pena da prima por ser tão infeliz.

"Você está aí. Cadê seu namoradinho?" Jessica perguntou ao entrar na cozinha.

Dando um longo suspiro, Isadora perguntou, sem dar atenção à pergunta da prima:

"Como estão as picadas de formiga?"

"Foi jogo baixo daquele moleque."

Isadora aproximou-se da prima. "Por que faz esse tipo de coisa?"

"Que tipo?"

"Você sabe."

Jessica deu um sorriso amarelo. "A queridinha da família não aguenta confronto?"

Isadora queria dar uma resposta atravessada, mas lembrou-se do que Diogo tinha dito sobre não fazer cabo de guerra com Jessica. "Não sei por que nosso relacionamento é assim tão difícil, mas quero deixar isso para trás, recomeçar. Afinal, temos o mesmo sangue."

"Quer dar uma de santinha?"

Isadora pegou na mão de Jessica e, olhando bem nos seus olhos, disse:

"Não. E não sou santinha; tenho aprendido que a gente pode recomeçar o que não está dando certo. Fazer diferente."

Jessica puxou a mão e cruzou os braços. Isadora continuou:

"Não sei o que aconteceu com a gente que ficamos tão ariscas uma com a outra. Quero pedir desculpa se fiz alguma coisa que te chateou. Talvez nunca seremos grandes amigas, mas quero pelo menos ser uma prima melhor."

Jessica desviou o olhar. Falou em voz baixa:

"Peter nunca disse que você era fria."

Isadora arregalou os olhos. Esperou a prima continuar.

"Ele começou a dar em cima de mim e eu dei corda. Todo mundo já tinha reparado que ele não prestava. Entrei no jogo; queria ferir você."

As duas primas se encararam. Isadora passou a mão pelo cabelo e disse:

"Isso não me machuca mais, mas foi bom saber a verdade."

Jessica cruzou o braço. "Você seria uma boba se deixasse Diogo escapar."

Isadora ficou de boca aberta. Nunca esperaria esse comentário de Jessica. Em um impulso, Isadora abraçou a prima que retribuiu com um abraço comedido.

Jessica saiu da cozinha e Isadora foi procurar Diogo.

******

No jardim, as crianças corriam e os garçons passavam com suas bandejas com todo tipo de petisco. Isadora não achou Diogo de imediato, mas encontrou Ana na grande tenda branca e elogiou o bom gosto da decoração. Duas mesas compridas, forradas com toalhas alvíssimas de renda, estavam cobertas de variados quitutes, muitos dos quais da tradicional culinária portuguesa. Os convidados se serviam enquanto algumas crianças admiravam o bolo e ameaçavam enfiar os dedos na cobertura, sendo impedidas pelos pais.

"Tinha hora que achei que nada iria dar certo," Ana confessou. "Mas agora estou conseguindo respirar aliviada."

"Custo a acreditar que você conseguiu organizar tudo isso em tão pouco tempo."

"Nem fale."

Quando o sol começou a se por, Otávio convidou a todos que fossem para a sala de estar. Ele pediu a atenção de todos e o pastor falou umas palavras sobre o compromisso que Áurea e Otávio estavam assumindo.

Isadora sentiu o olhar de Diogo nela e sorriu para ele que estava do outro lado da sala com os pais. Depois da oração, Otávio agradeceu a presença dos convidados e pediu ao D.J. que animasse a festa. Boa parte das pessoas saiu para os fundos da casa que serviu de pista de dança – enquanto uns olhavam, outros dançavam animados.

Isadora, encostada numa árvore, conversava com Joe. Ele explicava para ela quando teve a ideia de levar Jessica para o formigueiro.

"Um pouquinho do veneno dela. Espero que ela aprenda que ninguém gosta de uma praga importunando," ele disse.

"Não foi um pouco demais?" Isadora perguntou com um riso sarcástico.

"Tarde demais," ele respondeu.

Isadora sentiu uma mão no seu braço e virou-se. Joe saiu dançando deixando Isadora e Diogo sozinhos.

"Acho que essa música não é muito adequada para nossa primeira dança juntos. Quer dar uma voltinha?" Ele pegou na mão dela e saíram pelo jardim. Isadora desejou estar usando um sapato baixo e teve que tirar os saltos várias vezes da terra fofa.

"Talvez a gente devesse sentar em algum lugar," ele sugeriu vendo a dificuldade dela.

Ela balançou a cabeça negativamente, abaixou-se e tirou as sandálias.

"É só não chegarmos perto do formigueiro," ela disse e ele riu.

Isadora contou para Diogo a conversa que teve com Jessica. Ele disse:

"Ela não precisava de veneno, como Joe disse. Ela precisa é de um pouco de amor. Estou orgulhoso de você, Isadora."

Isadora enrolou um cacho do cabelo do dedo e sorriu para ele com uma certa timidez. Andaram pelo gramado desviando-se das crianças que brincavam de pique-esconde. Acharam um lugar menos concorrido na escadinha de entrada da casa já que toda a movimentação estava no quintal e no jardim. Ela se sentou em um degrau e Diogo, um degrau abaixo, de lado, virado para ela. O rastro alaranjado do sol já tinha sumido quase todo.

"Uma etapa cumprida," Isadora disse olhando para a casa toda iluminada. "Não sei o que vai ser da casa agora."

"E se sua tia a vender?"

Isadora deu de ombros. "Não sei. Estou tentando não pensar nisso agora. Meu propósito é de viver o presente, lembra?"

"Não esqueci e concordo plenamente. Isso aqui é o que importa agora," Diogo disse apontando para eles dois.

Isadora esticou a mão e acariciou o cabelo escuro dele. O toque fez sua mão formigar. O coração acompanhava a batida da música ao fundo. Ele buscou os olhos de Isadora com seu olhar intenso e pegou a outra mão dela, levando-a aos lábios. A música ao fundo mudou. Uma balada lenta viajou pelo ar envolvendo Isadora e Diogo. Ele a puxou delicadamente para a grama e disse:

"Nossa primeira dança."

Ele passou suas mãos fortes pela cintura de Isadora e ela subiu as mãos pelo peito dele, entrelaçando os dedos por trás do seu pescoço. Dançaram lentamente, testa com testa, olhos nos olhos. Isadora não soube dizer se seus pés que se moviam ou se o chão que balançava. Ela tremia levemente apesar do calor do corpo dele.

"Isadora, Isadora," ele sussurrou, causando nela um arrepio que subia dos pés à cabeça.

Diogo mudou a cabeça de posição encostando seu rosto no dela. As mãos de Isadora viajaram pelos ombros musculosos dele e pararam no meio das costas. Ele a puxou mais para si e sussurrou seu nome mais uma vez.

Ela se lembrou de ele ter dito uma vez que aquilo era certo, que a química que tinham era real. Isadora não tinha como negar aquela verdade. Sentia na sua pele. Sentia no seu coração. Estavam recomeçando, mas ela sabia que seu envolvimento com ele já tinha avançado mais do que queria aceitar. Imaginou-se longe dele, do calor do corpo dele, da sua amizade, do seu carinho. Só esse pensamento trazia uma grande tristeza para sua alma. Mas tinha prometido a si mesma que deixaria essa preocupação para depois. Agora eles tinham aquele momento e ela não iria desperdiçá-lo.

Ela escondeu seu rosto no peito dele, sentindo seu cheiro que aprendera a reconhecer nas poucas vezes em que se abraçaram. Ele passou a mão pelo seu longo cabelo, separando um cacho e o levando ao rosto.

A música acabou dando lugar a um ritmo acelerado, mas os dois continuaram no seu próprio compasso; na sua própria dança. Não notaram a porta que se abriu e o olhar dos pais de Diogo, Manoela e Lucas neles. Foi só quando Diogo a afastou um pouco que Isadora percebeu que eles estavam descendo a escadinha do jardim.

"Pai, mãe, já vão?" Diogo perguntou.

"Vocês estão namorando?" Lucas perguntou e Manoela cobriu a boca do menino.

"A gente já vai sim," a irmã disse.

Isadora sentiu seu rosto pegar fogo. Dona Maria a abraçou e falou no seu ouvido:

"Estou feliz por vocês. Meu filho gosta muito de você."

Com a respiração acelerada, Isadora recebeu o abraço, mas não falou nada.

Diogo abraçou seu pai e seu sobrinho e os levou ao carro. Isadora foi de braço dado com Dona Maria e Manoela passou na frente para abrir as portas.

Despediram-se e Manoela fez a volta na rua sem saída e desceu a colina. Outros convidados começaram a sair e Isadora sentou-se na escada para calçar as sandálias. Diogo sentou-se ao seu lado. "O que minha mãe cochichou no seu ouvido?"

Isadora deu um leve sorriso e passou a mão pelo cabelo dele. "É segredo de mulher."

Ele riu, puxou-a pelo braço e voltaram para a festa. Dançaram com os outros convidados e no final, tudo acabou em um animado trenzinho com tia Áurea na frente rindo e abrindo os braços como uma prima-dona.

Algumas pessoas ficaram para ajudar na arrumação da casa. Isadora jogou a sandália para o lado e varreu o chão enquanto Diogo e Joe tiravam todo o lixo. Ana, seu irmão e dois ajudantes desmontaram as mesas, a tenda e levaram as cadeiras para um caminhãozinho estacionado na entrada da casa.

Depois de tudo limpo, Áurea, Otávio, Isadora e Diogo sentaram-se na sala exaustos. Áurea falava sem parar do sucesso da festa e Otávio sorria. Isadora, sentada ao lado de Diogo, ouvia, impressionada com a energia da tia.

"E a pobre da Jessica teve que ir ao hospital tomar um antialérgico mais forte. Queria dizer que Joe exagerou na dose, mas acho que ela provou um pouco de um remédio muito necessário. Vamos ver se sossega agora," Áurea falou.

Isadora narrou novamente a conversa que teve com a prima. A tia disse:

"Não esperava outra coisa de você, minha querida. Sabia que um dia tomaria uma atitude sábia como essa."

Os quatro conversaram por mais um tempo. Já passava das duas da manhã quando Diogo se levantou dizendo que ia embora. "Isadora, quer que eu siga você até sua casa?"

"Esse Diogo é cavalheiro mesmo!" A tia disse e piscou para Isadora. "Mas por que você não dorme aqui, querida? Amanhã, quer dizer, hoje, a gente toma um café caprichado em algum lugar."

"Acho que prefiro ir para casa. Não trouxe nada."

"Você pega minhas coisas. Vai ser como uma despedida de solteira para mim; festa do pijama, mas só eu e você."

Isadora concordou e acompanhou Diogo à porta. Ela ouviu a tia e Otávio conversando baixinho.

De surpresa, Diogo a abraçou e beijou seu rosto. Ela desejou sentir seus lábios nos dela, mas sabia que ele esperaria até que ela desse o primeiro passo nesse recomeço. Ela puxou o rosto dele para si e cochichou no seu ouvido:

"Obrigada por ser tão paciente comigo."

Ele segurou-a pela cintura e disse:

"Confesso que hoje me bateu uma impaciência."

Primeiro ela pensou que ele estivesse brincando, mas vendo a seriedade do rosto dele, sentiu um frio na barriga.

Capítulo 38

O dia começou tarde para Isadora. Quando Diogo e Otávio foram embora, tia e sobrinha conversaram ainda por mais uma hora depois da festa de noivado. Às três da manhã, foram para cama, Isadora usando uma camisola toda rendada da tia que lhe causou um incômodo danado com o excesso de tecido.

Ela se levantou ao meio-dia, mas a tia ainda dormia. Preferiu voltar para casa e mandou uma mensagem dizendo que deixaria o café da manhã para outro dia. Em casa, Isadora tomou um banho rápido, deixando o cabelo seco para aproveitar os cachos que deram tanto trabalho para ela fazer – nada de coque no alto da cabeça naquele dia.

Ela comeu alguma coisa e checou suas mensagens no celular. Diogo havia enviado uma minutos antes perguntando se ela poderia ir com ele comprar uns móveis para a sala, pois tinha terminado o polimento do piso da casa toda. Combinaram que ele a pegaria em uma hora.

Isadora passava uma leve maquiagem para esconder as olheiras e o rosto inchado de tanto dormir quando o telefone tocou. Atendeu logo que viu que era a irmã, preocupada porque era bem tarde na Itália.

"Nina, tudo bem? Aconteceu alguma coisa?" Isadora perguntou sentindo as mãos úmidas.

"Tudo bem! Queria só contar duas novidades."

"Quase que me mata do coração. O que foi?"

"Uma, estou grávida. Acabei de fazer um teste de farmácia. Ainda vou ligar para a mamãe."

Isadora ficou exultante. "Ai, que delícia! Parabéns."

"A segunda novidade é que hoje fechamos negócio da compra de uma casa bem maior nos arredores da cidade. A família está crescendo e, com sua vinda, queria espaço para todo mundo."

Isadora sentiu um aperto na garganta. Nunca imaginaria que a irmã e o cunhado a considerassem tanto a ponto de pensarem em espaço extra para recebê-la. Ela forçou uma animação na voz. "Sério? Onde?"

Nina contou detalhes sobre a casa e Isadora podia visualizar com facilidade a região cercada de pequenos sítios e pomares, não muito diferente do Vale do Okanagan. Isadora disse à irmã que não sabia ainda quando iria, mas que, assim que terminasse o trabalho com a Associação de Portugueses, estaria livre para viajar.

As irmãs se despediram e, em seguida, Diogo mandou uma mensagem avisando que já tinha chegado. Isadora pegou sua bolsa e saiu. No carro, sentiu os olhos de Diogo examinando seu rosto. Ela tinha a impressão de que nada passava despercebido a ele.

"Aconteceu alguma coisa? Está séria."

Isadora relatou a conversa com a irmã e foi a vez de Diogo ficar com o semblante sisudo. "E o que você vai fazer, Isadora?" Ele apertou as mãos no volante.

"Não sei. Ainda tenho esse trabalho com a Associação –"

"O que mais?"

Ele não olhou para ela, mas Isadora podia ver o maxilar dele se contraindo.

"Tem a gente," ela disse.

"A gente o quê?"

"Diogo, não sei responder. Combinamos de recomeçar e ver o que iria acontecer," ela respondeu com a voz trêmula.

"Combinamos, é verdade. Mas você acha mesmo que você não tem nenhuma participação no desfecho da nossa história?"

Ela não respondeu. Ele se calou. Chegando à loja de móveis, ele agiu como se nada estivesse acontecendo. Olharam mobília para a sala de visita e, mesmo magoada, Isadora ajudou-o a escolher aquela que caberia melhor para a decoração da casa. Concordaram que um estilo mais clássico seria perfeito.

Isadora não quis ajudá-lo a escolher uma cama, por motivos óbvios, e ele comprou apenas um colchão de casal. Desistiram de comprar uma mesa de jantar e preferiram, por enquanto, levar apenas umas banquetas altas para colocar na ilha entre a cozinha e a sala.

Algumas coisas que a loja tinha no estoque e que cabiam na caminhonete, Diogo decidiu levar na hora – as banquetas, duas poltronas e o colchão. Em uma segunda loja, compraram roupa de cama e banho; Isadora preferiu tudo branco ou cinza.

O coração pesado de Isadora a impediu de aproveitar a arrumação da casa nova. Diogo deixou as duas poltronas perto do janelão da sala e ela colocou as banquetas na cozinha. Se fosse para a Itália nunca veria como a casa ficaria quando todos os cômodos estivessem mobiliados. Em menos de três semanas, ela teria que trazer seus próprios móveis para ficarem guardados na casa de Diogo até que ela resolvesse seu futuro.

Isadora pediu a ele que a levasse de volta para casa, mas ele insistiu que ela ficasse para o jantar. Enquanto ele preparava alguma coisa na cozinha, ela entrou nos cômodos imaginando como ficariam depois de decorados. Os dois quartos de hóspedes eram bem amplos e seriam ótimos para receber os familiares dele. O banheiro de visitas estava lindo – branco com detalhes cinzas.

Ela entrou no quarto de Diogo e viu o colchão de casal encostado na parede. Imaginou que ali caberia uma cômoda grande e uma espreguiçadeira de frente à janela com vista para o vale. O banheiro dele já estava pronto e seguia os mesmos tons do banheiro de visita. Tudo ali irradiava a personalidade de Diogo com o toque que ela mesma dera. Há quanto tempo ele trabalhava naquela casa transformando-a no seu canto, seu refúgio? Isadora sentia um pouco dele na tinta fresca das paredes, no piso polido, em cada detalhe.

Pogo entrou no banheiro e encostou o focinho na mão dela que o afagou. Ela se agachou e segurou a cabeça dele com as duas mãos. "Pogo, por que estou com o coração tão pesado?"

O cachorro deu um leve ganido e saiu latindo pelo corredor. Isadora sentou-se na beirada da grande banheira branca, abaixou a cabeça e chorou. Chorou todas as lágrimas que tinha segurado esse tempo todo. Por que se sentia tão bem naquela casa que nem era sua? Por que não conseguia mais se alegrar com a perspectiva de ir para a Itália? Por que Diogo confundia tanto sua cabeça?

Ela sentiu o focinho do cachorro próximo ao seu rosto. Levantou os olhos e viu Diogo logo atrás de Pogo.

Diogo agachou-se ao lado dela e a fez levantar o rosto. Ele tentou enxugar as lágrimas que escorriam pelo rosto e pescoço de Isadora, mas eram muitas. Ela deitou a cabeça no ombro dele e chorou como uma criança. Diogo não falou nada, mas afagava o cabelo dela descendo a mão pelos cachos. Pogo sentou-se ao lado deles olhando com curiosidade a cena. Afastando Isadora um pouco de si, Diogo esticou o braço e puxou a toalha de rosto do prendedor ao lado da pia. Com carinho, ele passou a ponta da toalha pelo rosto e pescoço dela tentando secar a cascata que saía de seus olhos.

Quando as lágrimas finalmente diminuíram, Diogo pegou Isadora pelas mãos e a levou para a sala. Ele a colocou em uma das poltronas e puxou a outra para se sentar perto dela. "Isadora, o que foi? Ficou chateada comigo?"

Ela passou a mão pelos olhos e fungou. "Não. Não. Estou ficando com raiva dessa minha indecisão. O que a gente faz quando está dividido?"

Diogo passou a mão pelo cabelo e apoiou os cotovelos nos joelhos. "Você sabe que eu não posso responder isso por você. Eu sei o que quero e que decisão desejaria que você tomasse. Mas tenho plena consciência de que não posso cobrar isso para que no futuro, se você tomar uma decisão que não seja por convicção, não me culpe. Quero você comigo, mas quero que venha por inteiro, sem dúvidas."

"Minha irmã comprou uma casa maior para me receber; e se eu não for?"

Ele segurou o rosto dela com as duas mãos. "Ela comprou uma casa maior por decisão do casal. Você mesma não disse que ela quer ter vários filhos? Ninguém compra uma casa grande para receber a irmã que vai passar uma temporada apenas." Ele soltou o rosto dela e ajeitou-se na poltrona.

Isadora levantou as duas mãos e falou com voz trêmula:

"Você não entende que tenho que tomar uma decisão porque em três semanas não vou ter onde morar? Minha tia provavelmente vai vender a casa e eu não poderia assinar um novo contrato de aluguel agora sem saber o que vai ser da minha vida."

"Isadora, eu vou sair do meu apartamento na próxima semana e você pode ficar lá."

"Com Joe?"

"Joe vem para cá. Você fica lá até resolver o que fazer. Já disse que pode trazer seus móveis para cá. Não precisa tomar uma decisão precipitada."

Ela desejou ardentemente que a decisão fosse simples assim. Talvez ele não entendesse o que é chegar ao ponto de ter que se desfazer da sua própria casa em questão de semanas ao mesmo tempo em que se tem de tomar uma decisão que envolveria todo seu futuro.

Ele agachou-se ao lado dela e pegou suas mãos. "Isadora, não faça uma tempestade num copo d'água. Você ainda tem seus pais, uma casa enorme e pode ficar lá também até que resolva o que quer fazer da vida. Olha quanta opção!"

"Diogo, você não entende que eu gostaria de resolver isso tudo sozinha. Não sou mais uma adolescente que corre para os pais se tudo der errado."

Ele passou a mão pelo cabelo, deu um suspiro e falou:

"Admiro você por querer resolver tudo sozinha, mas muitas vezes precisamos das pessoas à nossa volta para tomar decisões. Seus pais não vão resolver nada para você, mas vão dar o apoio necessário para que tenha cabeça fria para não se precipitar. Eu também, Isadora. Não quero resolver nada por você. Mas quero ser seu apoio para facilitar as decisões."

Ela enxugou os olhos com as costas das mãos. "Talvez você tenha razão. Não sei por que estou reagindo assim."

Ele voltou a se sentar na poltrona de frente para ela. "Já pensou que pode estar reagindo assim porque sua dúvida é bem maior do que imaginava, que há mais coisas em jogo do que gostaria?"

Ela o encarou e sentiu um frio descer pela coluna. Sentiu medo. Medo de ir embora. Medo de estar deixando para trás uma parte de si que estava irremediavelmente presa àquele homem forte na sua frente. Não tinha como fugir. Não tinha como se enganar.

Ela o amava.

Amava com todas as fibras do seu corpo, do seu coração. Mas eles não tinham, como ele mesmo disse, um relacionamento que poderia ser definido por um nome. Talvez o medo fosse de se entregar sem que houvesse uma base mais sólida para isso. Não podia e não iria dizer isso para ele como se ela o estivesse pressionando. Apesar de ele já ter dito que entendia que relacionamento deveria ser um compromisso, ela não estava certa se iriam se acertar dessa forma. O único motivo que a faria ficar era ele e, no momento, não havia razão para acreditar que era isso que ela deveria fazer. E se tudo desse errado com eles?

Isadora levantou-se, passou por Diogo sem dizer nada e foi para a varanda. Estava com falta de ar apesar da noite fresca. Com o rabo de olho, viu pela janela Diogo voltar para a cozinha. Seus ombros estavam ligeiramente encurvados e a cabeça baixa. Isadora aproximou-se um pouco mais da janela e o observou com as lágrimas escorrendo, deixando uma pequena poça no chão. Devagar, Diogo colocou a comida que tinha acabado de fazer em potes e, em seguida, os potes na geladeira. Isadora apertou o rosto com as mãos e inspirou pausadamente – seu coração parecia um bloco de pedra.

Depois de um tempo, Diogo saiu na varanda com a chave do carro balançando na mão, os ombros ainda arqueados. "Acho que já está ficando tarde; vou levar você para casa."

Ela fez que sim com a cabeça de forma quase imperceptível, voltou para dentro da casa, pegou sua bolsa e foi em direção à pick-up. Diogo abriu a porta para ela e ela jogou sua bolsa no banco. Virou-se para ele, que segurava a porta, e tentou falar alguma coisa que não saiu por causa da sua garganta seca.

Isadora sentiu o calor do corpo dele e seu hálito quente que saia em baforadas aceleradas. Ela olhou para cima e viu seu semblante sombrio.

"Talvez seja isso," ele disse e ela franziu a testa. Teve medo de perguntar o que ele queria dizer. Mas ele prosseguiu: "Nosso recomeço foi um engano. Você tem seus planos e eu desejo algo que é incompatível com esses planos."

Isadora tentou conter as lágrimas que ameaçavam rolar mais uma vez. Ela abaixou a cabeça e virou-se para entrar no carro, mas ele a segurou pelo braço com certa força.

A seguir, Isadora sentiu um abismo se abrindo e ela começou a cair.

Como em um filme em câmera lenta, ele a puxou para si e a beijou como se sua vida dependesse da certeza daquele ato. Isadora correspondeu com o desespero de quem cairia no abismo e nunca mais voltaria à superfície da terra se não se agarrasse a ele. Ela enfiou os dedos pelos cabelos dele e sentiu seus beijos descendo por seu pescoço. Queria gritar o nome dele, pedindo que a tirasse do abismo, mas só conseguia emitir uns grunhidos. As lágrimas escorreram livres e ela não se preocupou em contê-las. Sabia que aqueles abraços, aqueles beijos eram uma despedida e que o abismo seria seu fim.

Tão rápido como começou, aquela demonstração de amor foi brutalmente interrompida por Diogo. Com o semblante angustiado ele disse:

"É melhor você voltar para casa."

Ele deu a volta no carro e sentou-se ao volante, segurando-o com força como se quisesse esmagá-lo. Isadora entrou e fechou sua porta dando um pulo como se aquele som selasse o fim do frágil relacionamento que começara a existir entre os dois.

Nenhuma palavra foi trocada, nenhum olhar, durante o percurso para a casa dela. Quando Isadora finalmente desceu do carro, pela primeira vez sem que Diogo lhe abrisse a porta, ela olhou para ele. Quis dizer alguma coisa, mas as palavras não vieram.

Diogo olhou para ela, com o semblante pesado. "Adeus, Isadora."

Ela fechou a porta e ele partiu.

Capítulo 39

Vende-se. Isadora ficou com o olhar fixo na placa em frente à casa de tia Áurea. Um nó na garganta a impedia de respirar normalmente. Permaneceu no seu carro pensando em tudo o que tinha vivido ali, desde a infância, nos verões naquele vale ensolarado, até os últimos dias da reforma com o amor da sua vida. Não haveria mais Bed & Breakfast. Isadora sentiu a chão começar a se abrir novamente. Nada comparado ao abismo em que tinha caído havia quase duas semanas quando ela e Diogo se despediram.

Deu a meia-volta na rua sem saída e desceu a estradinha. Não queria ver aquela placa. Não queria mais olhar para aquela casa. Ali tinha conhecido o amor da sua vida. Naquela casa trabalharam juntos, comeram juntos, dançaram juntos. Tinha que sair dali. Seu coração estava em mil pedaços.

Ela respirou fundo e tentou controlar as lágrimas. Tinha que chegar à Associação de Portugueses com o semblante animado. Ela faria a apresentação do novo website deles que seria lançado em três dias com um coquetel. Otávio tinha sido seu grande apoio nesse processo.

Tia Áurea a recebeu na porta da pequena casa que servia à comunidade portuguesa no Vale do Okanagan. A mulher perfumada abraçou a sobrinha e passou a mão no seu rosto inchado. Isadora balançou de leve a cabeça e Áurea não fez perguntas, apenas esboçou um discreto movimento com os lábios vermelhos como se entendesse a dor da moça.

Isadora entrou, fez seu trabalho como se estivesse anestesiada. Só soube que a apresentação tinha sido bem sucedida quando ouviu os aplausos e elogios.

Chegou em casa e olhou para as várias caixas de papelão no meio da sala. A maioria já estava cheia e as poucas vazias empilhadas em um canto seriam para o resto dos itens de cozinha. Mais uma semana e ela teria que tirar tudo do apartamento. Não sabia ainda para onde mandaria as coisas. Não tinha mais falado com Diogo e imaginava que a oferta de guardar aquilo tudo na casa dele não estava mais de pé. Nem esperava que ele fizesse isso por ela. Lembrava-se bem do semblante dele quando se despediram.

No dia seguinte, ela alugaria um caminhão e levaria as coisas para a casa dos seus pais em Vancouver. Tinha um amigo da igreja interessado em comprar seu carro então não precisaria se preocupar com ele.

Se pudesse, ela iria embora já, mas tinha o casamento da tia em dez dias. Levaria suas caixas e seus móveis para Vancouver uns dias antes e voltaria com seus pais para a cerimônia. A passagem para a Itália estava comprada para o dia seguinte ao casamento. Afinal, não tinha sido tão difícil organizar tudo aquilo.

Isadora empurrou uma pilha de roupas usadas para doação que estavam em cima do sofá e deitou-se em posição fetal. Não teve energia para tirar o terninho e colocar uma roupa mais fresca. A temperatura tinha subido muito e deu graças a Deus pelo ar condicionado central do seu prédio.

O celular avisou que havia chegado uma mensagem. Isadora o tirou do bolso e seu coração deu um salto. Era Manoela.

> *Isadora, por onde você anda? O que está acontecendo? Meu irmão veio para cá há uma semana ajudar papai que deu uma piorada, mas anda muito calado e eom a cara fechada. Primeiro achei para era pela saúde do papai, mas ele está bem melhor agora enquanto Diogo só piora. Não se abre comigo. Mamãe já tentou tirar alguma coisa dele, mas ele desconversa. Desculpa me intrometer, mas estou ficando preocupada.*

Seus dedos tremeram quando foi responder. Apagou várias mensagens porque nenhuma palavra parecia adequada para dar uma resposta à Manoela. Tentou novamente. Conforme escrevia, suas lágrimas escorriam.

Eu e seu irmão não nos vemos mais. Nas palavras dele, nossos planos eram incompatíveis. Vou embora para a Itália daqui a duas semanas.

Isadora ficou olhando o aviso no visor de que Manoela estava digitando uma resposta. Esperou com o coração acelerado. A seguinte mensagem chegou:

Isadora, eu peço que não faça nada antes de conversar com ele.

Conversar com ele como se ele não tivesse lhe dado adeus e sumido? Não sabia o que responder e não respondeu. Manoela não escreveu mais e o coração de Isadora quebrou-se em mais pedaços.

******

No dia seguinte, Isadora voltou para casa com mais caixas de papelão. Ela se deu conta de que tinha mais livros do que imaginava, mas aqueles seriam os últimos itens a serem guardados. Uma mensagem chegou e ela tirou o telefone do bolso sem qualquer energia. Era Manoela.

Está em casa? Acabei de chegar em Kelowna e preciso ver você. Onde podemos nos encontrar?

Com os dedos trêmulos, Isadora passou seu endereço para Manoela. Vinte minutos depois ela entrava em seu apartamento. As duas se abraçaram forte e Isadora teve dificuldade de soltá-la. Ela era a única ponte que tinha com Diogo.

"Desculpe a bagunça," Isadora disse tirando umas caixas de cima do sofá para elas se sentarem.

"Estou vendo que vai embora mesmo," Manoela disse com o rosto preocupado.

"Não tenho alternativa. Tenho que entregar o apartamento."

"Mas tem mesmo que ir embora da cidade, do país?"

"Sempre foi meu plano."

"Planos podem mudar, Isadora."

Isadora refez o coque no alto da cabeça e perguntou:

"Por que eu mudaria meus planos?"

Manoela segurou Isadora pelos ombros. "Porque você e meu irmão são loucos um pelo outro. Eu sei disso, meus pais sabem disso. Você sabe disso, Isadora. Diogo sabe disso. Por que se torturam?"

Com o coração acelerado, Isadora levantou-se. Ela disse em voz rouca e baixa:

"Acabou tudo entre nós."

Manoela ficou de pé e segurou a mão de Isadora. "Quem disse que acabou?"

"Diogo me disse adeus. Eu sei que ele usa umas palavras meio fora de uso em português, mas adeus é adeus."

Manoela balançou a cabeça e deu um meio sorriso. "Vocês dois são uns cabeças duras. Sente-se, quero dizer uma coisa muito importante. Preste atenção."

Isadora sentou-se com o coração quase saindo pela boca.

"Ontem, depois que trocamos aquelas mensagens, eu o coloquei na parede. Quis saber o que tinha acontecido. Ele me contou da despedida de vocês. Eu lhe perguntei por que não insistia para que você ficasse e ele respondeu que não tinha esse direito, que você estava decidida a ir embora. Daí eu perguntei para ele se pudesse, pediria para você ficar. Ele respondeu que sim. Não quero me meter entre vocês dois, mas quando vejo dois cabeças duras desperdiçando um amor desse tamanho, não me conformo."

Manoela soltou a mão de Isadora e levantou-se. Pegou sua bolsa que estava em cima da mesa e foi saindo. "Meu recado está dado. Dei meu recado para ele também. Você dois são bem grandinhos e precisam resolver isso." Ela aproximou-se de Isadora e olhou bem nos seus olhos. "Se eu tivesse um homem que me amasse com a metade da intensidade do amor que meu irmão tem por você, trataria de cultivar esse amor. Pense nisso e não deixe o orgulho ou o medo matar esse sentimento tão maravilhoso."

Manoela deu-lhe um beijo e saiu. Isadora fechou a porta devagar e jogou-se no sofá. Não sabia o que fazer. A única coisa que sabia era que não queria passar nem mais um minuto longe daquele homem que tinha lhe arrancado o coração.

Capítulo 40

Isadora olhou no relógio do celular e vestiu a calça correndo. Penteou o cabelo, enfiou uma camiseta qualquer e pegou a bolsa. Procurou sua sandália e, como não achou, vestiu a única sapatilha que encontrou na bagunça da mudança. Tia Áurea já tinha mandado uma mensagem dizendo que tinha chegado ao restaurante.

Em menos de dez minutos, Isadora parava o carro no estacionamento. Achou a tia sentada a uma mesa na varanda. Isadora deu-lhe um beijo e um espirro saiu sem aviso com a nuvem de perfume da mulher. Os canadenses eram avessos aos cheiros fortes, bons e ruins, e a tia dificilmente arrumaria um emprego se fosse à entrevista deixando um rastro perfumado – as empresas tinham políticas firmes quanto a cheiro. Mas as narinas de Isadora já eram meio anestesiadas quanto a isso; aquele espirro indicava que o novo perfume tinha extrapolado um pouco até nos padrões da sobrinha.

"Que bom que deu para vir, querida. Não achei que fosse conseguir."

"Estava em casa arrumando a mudança," Isadora explicou.

A garçonete anotou os pedidos e trouxe as bebidas. Isadora pediu mais gelo na esperança que uma bebida a refrescasse. O clima no vale podia ser causticante, como naquela tarde.

"Querida, sei que ficou triste por eu ter posto a casa à venda. Eu e Otávio consideramos todas as alternativas e vender foi a mais viável. Ele quer passar mais tempo em Portugal e não poderíamos deixar dois imóveis aqui sem condições de administrar, ainda mais um Bed & Breakfast."

"No início fiquei bem triste. Eu me apeguei à casa e à ideia do B&B, mas como eu mesmo vou embora, não faz sentido eu esperar que a casa fique aí à minha espera. Estou bem, tia."

A garçonete trouxe a salada e Áurea comeu com gosto. Isadora ficou mexendo o garfo nas folhas. Estava ansiosa pensando em uma forma de conversar com Diogo. Ele não tinha entrado em contato e ela queria tomar a iniciativa dessa vez.

"Eu tenho uma notícia que talvez anime você. Seu trabalho com Diogo e Joe não foi em vão. Ana e o irmão dela fizeram uma oferta na casa e eu aceitei."

Isadora arregalou os olhos e sorriu:

"Que boa notícia. Vão morar lá?"

A tia jogou os braços para cima e riu. "Melhor ainda! Vão fazer um B&B. Quando Ana fazia os preparativos para o meu noivado, ela me perguntou o que eu faria com a casa depois de casada. Contei do plano inicial do B&B e ela se interessou. No dia da festa, conversei com ela e o irmão e, em seguida, fizeram uma proposta. O corretor decidiu, por algum motivo, acho que de marketing, colocar a placa de 'vende-se' na frente da casa mesmo assim. Mas já fechamos o negócio."

"Tia, que notícia boa!" Isadora disse e comeu uma garfada grande de salada.

"Inclusive falei com ela que, se precisar de alguém para administrar o negócio, você talvez se interessasse. Ana tem o negócio de eventos e não acho que vai dar conta de tudo sozinha."

"Obrigada, tia, pela indicação, mas estou indo embora. Vou levar minha mudança para Vancouver antes do seu casamento, venho com meus pais para a cerimônia e viajo para a Itália no dia seguinte."

Áurea olhou para a sobrinha com o semblante sério. Seus gestos apoteóticos cessaram. Como uma voz solene, ela disse:

"Você está cometendo um grande erro."

Isadora espantou-se. Quase nunca via a tia tão compenetrada.

"O que quer dizer com isso? Por que ir embora seria um erro?"

Áurea pegou na mão da sobrinha; os anéis brilhando. "Já conversamos sobre isso. Não nasci ontem, querida. Tem um homem morto de amores por você e você morre de amores por ele. Por que tomar uma decisão tão drástica com um preço alto? Acha mesmo que vai conseguir aproveitar tudo o que quer longe dele? Olha só para você agora – parece um zumbi."

"Tia!"

"Olhe suas roupas frouxas, suas olheiras. Isso aí não é cansaço. Já vi você cansada e nunca perdeu peso por causa disso."

Isadora abaixou a cabeça. O nó na garganta voltou com violência.

"Querida," Áurea apertou a mão da sobrinha mais forte ainda. "Não é tudo ou nada, ou você vai embora de vez ou fica. Se acerte com Diogo; faça uma viagem com data para voltar. A Europa não vai fugir; Nina não vai se importar se você ficar menos tempo."

A garçonete trouxe os pratos principais que Isadora mal tocou. A tia mudou abruptamente de assunto e contou detalhes da cerimônia simples de casamento – simples no conceito dela. Explicou para Isadora que, como viriam mais convidados do que o planejado, depois da cerimônia na igreja ofereceria um almoço em um vinhedo. Isadora não pôde deixar de rir da mudança de planos – tudo da tia tinha que ser grandioso.

Enquanto comia, Áurea olhava para a sobrinha. Isadora tentou dar umas garfadas na tentativa de mostrar para tia que estava bem, o que não a convenceu. Quando saíram do restaurante, Áurea disse, segurando a moça pelos ombros:

"Ligue hoje mesmo para Diogo!"

Em casa, Isadora ensaiou o que diria para ele, mas nada fazia muito sentido. Pegou o telefone e escreveu uma mensagem que acabou apagando. No final do dia, ela ainda não tinha enviado nada. Resolveu guardar mais livros nas caixas tentando se distrair.

Por que era tão difícil tomar decisão e, quando finalmente se toma, não se assume o compromisso de ir em frente? Isadora sabia o que era certo fazer – e o certo era procurar Diogo. Seu coração exigia isso e sua mente confirmava que os dois tinham tudo para serem felizes juntos. Mas Isadora insistia em deixar que seu medo e egoísmo tomassem conta da situação. Era hora de parar com aquilo. Não podia negar que Deus a estava colocando numa situação difícil para ver o que tinha no seu coração. Era tão fácil colocar em palavras o que era correto fazer, mas colocar tudo em prática era uma tarefa árdua.

Plim. Uma mensagem tinha acabado de chegar. Com as mãos trêmulas, ela pegou o telefone e seu coração disparou.

Isadora, me desculpa por ter agido de forma tão insensível. Sei que podemos acertar essa situação. Quero acertar essa situação. Se esse é seu desejo também, espero você na minha casa amanhã às 5 da tarde. Se você não responder a essa mensagem, vou saber que sua decisão de ir embora é imutável. Espero com o coração cheio de esperança e expectativa.

Capítulo 41

Isadora escreveu e apagou a mensagem várias vezes. Finalmente tomou coragem e enviou uma que achou um tanto ousada.

Nos vemos amanhã às 5, com o coração cheio de esperança e expectativa.

Diogo respondeu com vários corações.

O tempo não passava, os ponteiros do relógio não andavam. À noite, Isadora mudou de posição na cama infindáveis vezes. O sono a venceu por volta de 3 da manhã e o sol a acordou às 6. Ela pulou da cama, vestiu uma roupa de ginástica e saiu para correr. Precisava se ocupar; cinco da tarde parecia um tempo inalcançável.

Isadora recebeu uma mensagem de Manoela no meio da manhã dizendo que estava orando por ela e pelo irmão. Disse que ele estava mais animado e que, inclusive, contou para a família que iria se encontrar com ela. Isadora respondeu que estava ansiosa pelo encontro.

Olhando para as caixas espalhadas pela sala, Isadora lembrou-se de que quase todas as suas roupas estavam guardadas. No armário só havia duas calças e algumas camisetas. Não tinha pensado que precisaria de alguma coisa mais bonitinha que não fosse calça jeans frouxa na cintura. Ela abriu uma das caixas de roupas e olhou por cima esperando achar um vestido, mas a maioria era roupa de frio. Enfiou a mão por baixo das roupas pesadas e puxou algumas que pareciam mais leve ao tato. Achou um dos seus vestidos preferidos com o peito de renda e o tecido estampado de verde e azul.

Ela tentou tomar um banho de banheira, mas sua ansiedade era grande demais para ficar sentada na água olhando para o teto. Esvaziou a banheira e tomou uma ducha. A água quente a relaxou e ela sentiu o sono chegando. Dormir apenas três horas na véspera de um encontro importante não era uma boa ideia. Pensou em chegar mais cedo à casa de Diogo, mas por algum motivo ele tinha sido específico com o horário. Talvez tivesse um compromisso e só chegaria às 5 mesmo.

******

No carro, Isadora colocou as músicas que ela e Diogo ouviam juntos na casa dele. A estrada seguia paralela ao lago, que refletia o azul do céu. Ela adorava os dias longos de primavera e aquele dia quente e ensolarado era um dos motivos de ter se mudado para o Vale do Okanagan. E quanta coisa aconteceu nesses quatro anos!

Quando finalmente entrou na estradinha que dava para a casa de Diogo, Isadora foi invadida por uma paz indescritível. Ela sabia que a coisa mais certa a fazer era abrir seu coração, declarar seu amor, independente do que ele falasse. Isadora sabia que Deus tinha colocado aquele homem na sua vida para que ela pudesse ver o quão vulnerável podia ser quando perdia o controle da situação. As últimas semanas deixaram claro para Isadora que, por mais que tentasse e por mais bem-intencionada que fosse, não podia controlar o que viria no futuro. As decisões, o crescimento e amadurecimento eram coisas que deviam ser trabalhadas no presente para que garantissem algum equilíbrio no futuro. Mas ela não tinha as rédeas do que viria – Deus sim.

No fim da estradinha, Isadora avistou a pick-up dele, mas não o viu. Imaginou que a esperaria na porta quando ouvisse o barulho de pneu nas britas. Parou seu carro ao lado do dele, olhou-se no espelho retrovisor e arrumou o cabelo solto. Nada de Diogo nem de Pogo. Foi até a porta e, antes de tocar a campainha, viu uma rosa branca em uma mesinha. Pegou a rosa com o coração acelerado e leu o cartãozinho – *Entre e ache a outra.*

Com um sorriso no rosto, ela abriu a porta e correu os olhos pela sala e pela cozinha. Uma outra rosa branca estava no balcão de mármore. Ela cheirou a flor e a apertou no peito ofegante. Pegou o bilhete que estava ao lado da flor e leu – *No pátio do quintal, há uma surpresa maior.*

Trêmula, Isadora abriu a porta de vidro que dava para os fundos da casa. Colocou a mão no coração quando viu Diogo de pé debaixo de um toldo branco, todo arrumado como se fosse a uma festa. Uma de suas músicas preferidas tocava baixinho. Ele estendeu a mão para Isadora e ela aproximou-se devagar. Pegou na mão dele e a conhecida corrente elétrica subiu pelo seu braço. Isadora mergulhou no olhar de Diogo e desejou nunca mais sair dali. Ele sorria para ela, mas não falou nada. Ela permaneceu calada esperando, mergulhando mais fundo. Seus olhos arderam quando ele se colocou de joelho. Ela viajou seus dedos pelo cabelo dele enquanto ele colocava a mão no bolso da calça preta.

Isadora sentiu como se houvesse uma batucada nos seus ouvidos. Ela só desviou o olhar do dele quando ele esticou a mão segurando uma caixinha. As lágrimas dela caíam no chão manchando o piso. Devagar, Diogo abriu a caixa e as pedras do anel refletiram a luz do sol. Isadora levou as duas mãos à boca quando deu um suspiro profundo.

Finalmente, Diogo falou com a voz profunda:

"Isadora, eu te amo e quero que seja minha mulher. Você me aceita como marido até que a morte nos separe?"

Com a voz embargada, ela respondeu:

"Aceito! Aceito!"

Ele levantou-se e tirou o anel da caixa. Pegou a mão direita dela, colocou o anel bem devagar e beijou seu dedo. Tirou a rosa da mão dela e a colocou, junto com a caixinha, no chão. Um arrepio lhe percorreu o corpo todo quando sentiu a mão dele deslizar por suas costas, debaixo do seu cabelo longo. O beijo que recebeu foi longo, mas doce, sem qualquer traço de despedida. Era um beijo com uma promessa de permanência e constância.

Diogo afastou-se, mas sem tirar as mãos de suas costas. Isadora passou a mão por aquele rosto cujos traços ela já conhecia de cor sentindo todo abismo se fechar. Ela e Diogo, tinha certeza, criariam uma base sólida por onde andar.

"Venha para a sala; preciso dizer algumas coisas." Ele a puxou pela mão para dentro da casa.

Ela o seguiu cheia de perguntas, mas sem qualquer medo. Não importava o que ele iria dizer; o fato de estarem juntos bastava.

Sentaram-se nas únicas duas poltronas da sala e, segurando a mão de Isadora ele disse, fazendo um giro com o indicador, apontando para a casa:

"Quero que você olhe para isso tudo aqui." Isadora seguiu o dedo dele e voltou a olhar para ele. "Isso é seu. Você deixou seu toque em todos os cômodos aqui, não só com a escolha de material para a reforma e dos móveis, mas com sua presença nessa casa." Ele beijou o dedo dela que trazia o anel que ele lhe dera. "Essa será nossa casa." Isadora olhou ao redor do ambiente da sala e da cozinha e suspirou.

Diogo falou de forma enfática:

"Traga suas coisas para cá. É aqui que ficarão."

Ela olhou para ele com as sobrancelhas arqueadas e ele continuou:

"Vou ficar no meu apartamento até o dia do nosso casamento, que espero que seja logo. Joe vai ter que me aguentar mais um tempo."

"Diogo, mas você não via a hora de se mudar para cá. Por que eu não fico no apartamento e você com Joe aqui como combinamos antes."

Ele balançou a cabeça negativamente. Tirou uma mecha de cabelo do rosto dela e disse com carinho:

"Você precisa terminar a decoração da nossa casa, não é?"

Ela sorriu e o abraçou.

"Chega mais perto," ele pediu e tirou o celular do bolso. Fez vários selfies e gastou uns minutos concentrado no telefone.

Isadora esperou curiosa para saber o que ele estava fazendo.

"Pronto," ele disse olhando para ela. "Podemos ir."

"Para onde?"

Ele se levantou e a puxou rindo. "Para o sítio. Estão esperando a gente."

"Como assim?"

"Isadora, você arrumou aliados ferrenhos. Meus pais, Joe, Manoela e até Lucas me atormentaram esse tempo todo em que fiquei ajudando meu pai. Queriam saber de você, o que eu tinha feito para que você saísse da minha vida, como se eu fosse o vilão da história."

Ela riu e perguntou:

"E não foi?"

Ele a puxou para si e sussurrou no seu ouvido:

"Quem roubou meu coração foi você!"

******

Pogo foi quem veio receber Isadora e Diogo quando chegaram ao sítio. A família Marques os esperava e eles receberam Isadora com beijos e abraços. Ela não poderia estar mais feliz. Quando a algazarra diminuiu e ela e Diogo conseguiram ficar sozinhos uns minutos na varanda da casa, Isadora disse:

"Não sei o que fazer sobre minha viagem. Já comprei a passagem e tudo."

"Eu tenho uma proposta e acho que vai gostar."

Diogo a abraçou e sussurrou algumas coisas no seu ouvido. Quando terminou, ela segurou o rosto dele com as mãos e olhou incrédula para ele. "Você faria isso por mim?"

"Já está decidido."

Beijaram-se sob o luar, embalados pela noite quente de primavera daquele vale que era o cenário da história de amor de Isadora e Diogo.

Capítulo 42

Seis meses depois

Isadora abriu a porta de vidro e saiu para o pátio do quintal com Pogo ao seu lado. Segurou firme a caneca de café para esquentar seus dedos. O vale, seu vale e de Diogo, estava coberto por uma camada polvilhada de neve fresca como açúcar de confeiteiro. Pogo correu atrás de dois corvos e voltou para os pés de Isadora quando se deu por satisfeito por ter feito seu trabalho de proteger sua dona.

Ela custava a acreditar que aquela era sua casa, naquelas colinas, e que o homem que preparava o café da manhã era seu marido.

Diogo.

Isadora sentiu um frio na espinha só de pensar que o podia ter perdido. Ela esticou o braço esquerdo e olhou para o anel brilhante.

Dois meses antes, Diogo tinha trocado aquele anel do dedo direito para o esquerdo de sua noiva. O coração de Isadora foi invadido por uma onda de gratidão a Deus por sua família e pela de Diogo por terem planejado uma cerimônia de casamento tão linda e íntima para a família e amigos chegados no sítio dos Marques, tendo tia Áurea e Otávio como testemunhas. A única nota destoante foi a falta que Nina fez – Isadora queria sua irmã ao seu lado em um dos dias mais importantes da sua vida, mas uma pequena complicação na gravidez de Nina impediu que o sonho da noiva se realizasse.

As últimas semanas foram repletas de acontecimentos marcantes para sua vida. A proposta de Diogo de passarem quarenta dias na Europa rendeu à Isadora vários convites para escrever artigos de viagem para revistas e blogues. A paciência inesgotável do seu marido de gastar a maior parte do tempo de sua lua-de-mel visitando lugares turísticos e explorando outros pouco visitados era, para Isadora, uma grande prova de amor.

Mas, o mais importante de tudo, foi que Isadora e Diogo conseguiram passar as últimas duas semanas da viagem na Europa na casa nova de Nina e Gianlucca em um vale não muito diferente do seu no Okanagan. Isadora pode paparicar a irmã grávida e o sobrinho Enzo, que elegeu o tio Diogo como seu favorito.

Isadora foi recebida de volta a Kelowna com mais surpresa. Tio Otávio tinha conseguido para ela um contrato para escrever um livro sobre a vida dos portugueses no Vale do Okanagan, o que ela celebrou não só pela projeção que teria, mas porque serviria de desculpas para ela descobrir mais segredos escondidos do seu vale junto com seu marido.

O ventinho frio da manhã queimava seu rosto, mas Isadora não se importava. Não se cansava daquela vista ainda mais agora que a dividia com o amor da sua vida. Ela suspirou quando sentiu os braços fortes dele a enlaçando. Ela inclinou sua cabeça para trás e a repousou no seu ombro. Diogo a beijou no pescoço parcialmente coberto por um cachecol.

"Nosso vale, Diogo," ela disse com lágrimas nos olhos.

Ele a virou para si e tirou a caneca da mão dela, colocando-a na mesinha. Abraçou-a bem apertado e a levantou do chão. "Eu te amo, Isadora."

Isadora o beijou e respondeu:

"Eu te amo, meu Diogo."

Ele a abaixou ao chão e voltou para a sala. Isadora esperou curiosa até que ele retornou momentos depois com um embrulho retangular nas mãos. Ele esticou os braços com o presente e Isadora o pegou com um sorriso curioso. Rasgou o papel e levou uma das mãos ao peito quando viu, em uma moldura, o desenho que Diogo tinha feito dela havia um tempo, olhando o pôr-do-sol naquele mesmo pátio – seu cabelo solto, o cachecol. Ele teria previsto que essa cena logo seria realidade ou era apenas um desejo do seu coração? De qualquer forma, Isadora sentiu- se grata pela cena que saiu do papel. Ela deixou uma grossa lágrima descer por seu rosto, sendo logo absorvida pelo cachecol.

Diogo pegou o quadro e o colocou em cima de uma cadeira. Abraçou sua mulher e disse:

"Esse era o desejo do meu coração quando fiz o desenho."

Isadora se jogou nos braços do marido e sussurrou o nome dele várias vezes. Ele respondeu com um beijo longo, apaixonado e cheio de grandes promessas. Isadora sentiu seus pés tocando o chão, mas, um segundo depois, viu-se no colo de Diogo, que a carregou para dentro de casa, deixando o frio do inverno lá fora, para desfrutarem o calor que emanava do coração.

Sobre a autora

Luisa Cisterna é apaixonada por seu país de adoção, o Canadá. Sua criatividade é ativada quando explora as belezas naturais do seu 'quintal': as Montanhas Rochosas e o Vale do Okanagan. *Amor em Construção*, seu romance de estreia, nunca teria sido escrito e publicado sem o apoio do seu marido, Jaime, e dos seus três filhos, Tiago, Débora e Lucas. *Soli Deo Gloria!*

Facebook: @Luisa Cisterna

Website: www.luisacisterna.com

Manufactured by Amazon.ca
Bolton, ON

30185243R00139